新华经典散文文库

不争论的智慧

王蒙经典散文

王蒙 著

陕西师范大学出版总社

图书代号：WX19N1255

图书在版编目（CIP）数据

不争论的智慧：王蒙经典散文 / 王蒙著 . — 西安：陕西师范大学出版总社有限公司，2019.10

（新华经典散文文库 / 王笑东主编）

ISBN 978-7-5695-0908-3

Ⅰ . ①不… Ⅱ . ①王… Ⅲ . ①散文集－中国－当代 Ⅳ . ① I267

中国版本图书馆 CIP 数据核字（2019）第 127261 号

不争论的智慧：王蒙经典散文

BU ZHENGLUN DE ZHIHUI：WANGMENG JINGDIAN SANWEN

王蒙　著

出 版 人　刘东风
责任编辑　高　歌
策划编辑　刘　钊
封面设计　吴黛君
出版发行　陕西师范大学出版总社
（西安市长安南路 199 号　邮编 710062）
网　　址　http://www.snupg.com
印　　刷　涿州汇美亿浓印刷有限公司
开　　本　620mm×889mm　1/16
印　　张　16
字　　数　120 千
版　　次　2019 年 10 月第 1 版
印　　次　2019 年 10 月第 1 次印刷
书　　号　ISBN 978-7-5695-0908-3
定　　价　59.00 元

没有音乐的生活是不完全的生活，

不爱音乐的人也算不上完全地爱着生活的人。

《音乐与我》

命是生命，也是命运——规律。
生气勃勃，知白守黑，风物放眼，世事可赏，
清水微波，梦中你我，身心地天，是曰知命。

《本命年》

感谢忘却：人们来了，又走了。

记住了，又忘却了，有的压根儿就没有记。

谁，什么事能够永远被记住呢？

《忘却的魅力》

我不知道我为什么喜欢雨。

因为它迷蒙而含蓄，因为它充满生机，

因为它总是快快活活，因为只有它才连接着无边的天和无边的地！

《雨》

我喜爱湖。湖是大地的眼睛。

湖是一种流动的深情。

湖是生活中没有被剥夺的一点奇妙。

《湖》

人生好像一只船，世界好像大海。
人自身好像是驾船的舵手，
历史的倾斜与时代的选择好像时而变化着走向的水流与或大或小的风。

《做一次明朗的航行》

人生一世，总有个追求，
有个盼望，有个让自己珍视，让自己向往，让自己护卫，
愿意为之活一遭，乃至愿意为之献身的东西，这就是价值了。

《人生总要有所珍视和眷恋》

人际关系永远是双向的、相互的。
人际关系又永远是可变的、不羁的。

《记住：人际关系永远是双向的》

目　录

Contents

第一辑／我们把一切都忘却

第二辑／走过的每个日子都有余温

第三辑 / 人生总要有所珍视和眷恋

第四辑 / 为自己创造不止一个世界

第一辑

我们把一切都忘却

音乐与我

我喜欢音乐，离不开音乐。音乐是我的生活的一部分，我的生命的一部分，我的作品的一部分。有时候是我的作品的一个非常重要的、头等重要的部分。

在《组织部来了个年轻人》里，我曾经动情地描写林震和赵慧文一起听《意大利随想曲》的情形。那时候我也爱听《意大利随想曲》，它的曲调对我来说是透明纯洁的，遥远但不朦胧，清亮而又有反复吟咏的诗情。它常常使我想象碧蓝如洗的辽阔的天空，四周没有一点声音，突然，从天空传来了嘹亮的赞美诗般的乐声。

在我的小说《布礼》里，主人公在新婚之夜是用唱歌来回忆他们的生活和道路与过往的年代的。

当年的战斗的、革命的歌曲，如今唱起来还具有某种怀旧意味，一唱某个歌，某个特定的历史时期就出现了，这真叫人感动。

我不会演奏任何乐器——真惭愧，但是我爱唱歌和听音乐。在解放前的学生运动里，不仅《团结就是力量》《跌倒算什么》《茶馆小调》《古怪歌》是鼓舞学生们反蒋反美的斗志的，就连《可爱的一朵玫瑰花》《太阳落山明朝依旧爬上来》《喀什噶尔的姑娘》这些歌也只属于左翼学生。拥护国民党和三青团的少数学生是一批没有歌唱也不会唱歌的精神文明上的劣等人，也许他们会歪着脖子唱“我的心里两大块，左推右推推不开……”是的，好歌，进步的歌，健康的、淳朴的歌，永远只属于人民，属于新兴的阶级而不属于行将就木的反动派。

《歌神》和《如歌的行板》干脆一个以维吾尔歌曲、一个以柴可夫斯基第一弦乐四重奏第二乐章——“如歌的行板”来贯穿全篇。特别是后一篇，“如歌的行板”是全篇的主线，又是这个中篇小说的基调，小说的结构也受这段弦乐四重奏的影响，从容地发展进行，呈示和变奏，爬坡式的结尾。

问题还不仅仅在于这些直接写到歌曲或者乐曲的篇章或者片断的作品（还有《春之声》呢，“春之声”双关的语义之一，便是约翰·施特劳斯的那个著名的圆舞曲）。从整体来说，我在写作中追求音乐，追求音乐的节奏性与旋律性，音乐的诚挚的美，音乐的结构手法。

我常常自以为60年代我写的短篇小说《夜雨》是一个钢琴小品。全篇是“窸窸窣窣”“滴滴答答”“哗哗啦啦”这样五次互相颠倒与重复的象声词来做每一段的起始，这是风声、树声和雨声，这也是钢琴声。

那时候（现在也一样）我喜欢听柴可夫斯基的钢琴曲《四季》中的《十一月》（即《雪橇》），当然，我写的《夜雨》要稍微沉郁一些。

另一个短篇《夜的眼》我自以为是大提琴曲，而《风筝飘带》里，佳原和素素在饭馆里对话的时候我总觉得在他们的身后是有伴奏的，他们说的是“老豆腐”“四两粮票两毛钱”“端盘子”，然而他们的真情流露在伴奏里。后来佳原的奶奶死了，几天没有到素素的清真馆来吃炒疙瘩，素素怅然若失，想起了在内蒙古插队放马时失落了小马驹的悲哀。我又写素素和佳原的再见面，又写幻想中小马驹的奔跑，如果说素素和佳原的再见面是用弦乐来表现的，小马驹的奔跑则像是敲响木琴。把木琴插进去，也许能更好地衬托出弦乐。

《春之声》里也写了歌和乐，写的是德文歌和约翰·施特劳斯的《春之声》，但这篇小说本身，我自以为是中国的民乐小合奏，二胡、扬琴、笙、唢呐、木鱼、锣、鼓一齐上。《春之声》里用了大量的象声词，“咣”“叮咚叮咚”“哞哞哞”“丁零丁零”“咚咚咚、噔噔噔、嘭嘭嘭”“轰轰轰、嗡嗡嗡、隆隆隆”“咣嘁咣嘁”“咔嚓咔嚓”“咣哧”“叭”……本来就是写“声”的嘛。

那么《海的梦》的呢？也许我希望它是一支电子琴曲吧？

《蝴蝶》大概是协奏曲，钢琴的？提琴的？琵琶的？《布礼》呢？像不像钢琴独奏？《相见时难》呢？

1953 年我开始写我的处女作《青春万岁》的时候，最感困难的是结构。那时，在我心目里，是有一批人物、有一系列生活画面、有一些激情的，怎么把这些东西组织起来呢？这可苦恼死我了，原因是，从一动笔，我就没有采用那种用一条完整的情节贯穿线来组织全篇的办法。

就在为《青春万岁》的结构而苦恼、左冲右撞、不得要领的时候，我去当时的中苏友协文化馆听了一次唱片音乐会。我已经记不清那是谁的作品了，反正是那时一个苏联作曲家的交响乐新作。交响乐的结构大大启发了我、鼓舞了我、帮助了我，我所向往的长篇小说的结构正应是这样的呀，引子、主题、和声，第二主题、冲突、呈示和再现。一把小提琴如诉如慕，好像是某个人物的心理抒情。小提琴齐奏开始了，好像是一个欢乐的群众场面。鼓点和打击乐，低沉的巴松，这是另一条干扰和破坏书中的年轻人物的生活的线索，一条反抒情线索的出现。竖琴过门，这是风景描写。突然的休止符，这是情节的急转直下。大提琴，这是一个老人的出场……

我悟到了，小说的结构也应该是这样的，既分散又统一，既多样又和谐。有时候有主有次，有时候互相冲击、互相纠缠、难解难分。有时候突然变了调、换了乐器、好像是天外飞来的另一个声音，小说里也是这样，写上四万字以后，你可以突然摆脱这四万字的情节和人物，似乎另起炉灶一样，写起一个一眼看去似乎与前四万字毫不相干的人和事来。但慢慢地，又和主题、主旋、主线扭起来了，这样就产生了开阔感和洒脱感。狄更斯的小说如《双城记》就很善于运用这种天马行空百川入海的结构方法，而我，是从音乐得到了启示。所以说，对文学作品的结构，不但要设想它、认识它、掌握它，而且要感觉它。

音乐是我的老师，当然，音乐也为我服务，它可以引起我的回忆，触发我的感受。当我写《相见时难》的时候，我不停地与蓝佩玉和翁式含一起重温 40 年代、50 年代的那些歌。我是哼哼着那些歌写作的，包括儿歌“我们要求一个人……”“水牛儿，水牛儿，先出犄角后出头”，也包括用徐志摩的诗谱写的《偶然》。这首歌我本来几乎早已忘了，不知道是因为写《相见时难》而想起了《偶然》，还是因为1980年秋在美国衣阿华大学[1]参加“中国周末”时偶然听到了《偶然》(只是片断地听了一两句),才触发了我要写《相见时难》,并从而忆起了这首也许并不太好的歌的曲和词。

当然,更多的时候,音乐给我以美的享受和休息。我说过,听音乐是给灵魂洗澡,使人净化的方法。当我因为工作杂务而焦头烂额的时候,当我因为过分紧张而失眠、焦躁的时候,听上一个小时的钢琴曲或者管弦乐就能把自己的心理机能调整过来,从而获得心理的以至生理的好处。如果能够有机会和条件自己唱上一阵子所喜爱的歌,我的心情就会更加舒畅。可悲的是,对我的歌声表示愉快的人大概远远少于听到我唱歌就捂耳朵或关紧门的人。

除了西洋音乐,我也喜欢民族、民间音乐与群众歌曲,刘天华的二胡曲——特别是《光明行》里的“副曲”特别使我感动,我不知道为什么现在电台很少放刘天华的作品了。我差不多可以哼哼出《二泉映月》的全曲来,比较起提琴协奏曲,我宁愿听《二泉映月》的二胡独奏。在《相见时难》里我写过《雨打芭蕉》,我也许更喜欢《彩云追月》,当然还有《紫竹调》和《三六》。戏曲音乐里我首先喜欢河北梆子,那种高亢而又苍凉的唱腔常常使我想起“一声何满子,双泪落君前”的诗句,这大概是我作为河北人的唯一标志了,其实我已经是出生在北京而不是在河北农村。京韵大鼓和单弦牌子曲,蒙古拖腔和维吾尔民歌,云南《猜调》和东北《丢戒指》,黄虹和郭颂,李谷一和才旦卓玛,我都喜欢。当然,我也同样喜欢真正意大利男高音唱《我的太阳》,我有这个原声带。

[1] The University of Iowa,现译作艾奥瓦大学、爱荷华大学。——编者注

音乐给予我的实在是太多了，而我对音乐的认知是很有限的，如果没有手指头帮着数，我大概认不下五线谱来。我之所以写了这么一大篇，不是想谬托“知音（乐）”，不是想冒充音乐的行家，而且我很担心我的上述杂感有专业性、知识性的错误。我只是想对读者和同行说，更多地去爱音乐、接触音乐、欣赏音乐吧！没有音乐的生活是不完全的生活，不爱音乐的人也算不上完全地爱着生活的人。

1983 年 2 月

我的喝酒

我不是什么豪饮者。“一年三百六十日，一日畅饮三百杯”的纪录不但没有创造过，连想也不敢想。只是“文化大革命”那十年，在新疆，我不但穷极无聊地学会了吸烟，吸过各种牌子的烟，置办过“烟具”——烟斗、烟嘴、烟荷包（装新疆的马合烟用），也颇有兴味地喝了几年酒，喝醉过若干次。

穷极无聊。是的，那岁月的最大痛苦是穷极无聊，然而还是活着，活着也总还有活着的快乐。比如学、说、读维吾尔语，比如自己养的母鸡下了蛋——有一次竟孵出了十只欢蹦乱跳的鸡雏。比如自制酸牛奶——质量不稳定，但总是可以喝到肚里；实在喝不下去了，就拿去发面，仍然物尽其用。比如，饮酒。

饮酒，当知道某次聚会要饮酒的时候便已有了三分兴奋了。未饮三分醉，将饮已动情。我说的聚会是维吾尔农民的聚会。谁家做东，便把大家请到他家去，大家靠墙围坐在花毡子上，中间铺上一块布单，称为dastirhan。维吾尔人大多不喜用家具，一切饮食、待客、休息、睡眠，全部在铺矮炕的毡子（讲究的则是地毯）上进行。毡子上铺上了干净的dastirhan，就成了大饭桌了。然后大家吃馕（一种烤饼），喝奶茶。吃饱了再喝酒，这种喝法有利于保养肠胃。

维吾尔人的围坐喝酒总是与说笑话、唱歌与弹奏二弦琴（都塔尔）结合起来。他们特别喜欢你一言我一语地词带双关地笑谑。他们常常有各自的诨名，拿对方的诨名取笑便是最最自然的话题。每句笑谑都会引起一种爆发式的大笑，笑到一定时候，任何一句话都会引起起哄作乱式的大笑大闹。为大笑大闹开路，是饮酒的一大功能。这些谈话有时候带有相互挑战和比赛的性质，特别是遇到两三个善于辞令的人坐在一起，立刻唇枪舌剑，你来我往，话带机锋地较量起来，常常是大战八十回合不分胜负。旁边的人随着说几句帮腔捧哏的话，就像在斗殴中“拉便宜手”一样，不冒风险，却也分享了战斗的豪情与胜利的荣耀。

玩笑之中也常常有“荤”话上场，最上乘的是似素实荤的话。如果讲得太露太黄，便会遭遇大家的皱眉、摇头、叹气与干脆制止，讲这种话的人是犯规和丢分的。另一种犯规和丢分的表现是因为招架不住旁人的笑谑而真的动起火来，表现出粗鲁不逊，这会被指责为qidamas——受不了，即心胸狭窄、女人气。对了，忘了说了，这种聚会都是清一色的男性。

参加这样的交谈能引起我极大的兴趣。因为自己无聊。因为交谈的内容很好笑，气氛很热烈，思路及方式颇具民俗学、文化学的价值。更因为这是我学习维吾尔语的好机会，我坚信参加一次这样的交谈比在大学维语系里上教授的三节课收获要大得多。

此后，当有人问我学习维吾尔语的经验的时候，我便开玩笑说：“要学习维吾尔语，就要和维吾尔人坐到一起，喝上它一顿两顿白酒才成！”

是的，在一个百无聊赖的时期，在一个战战兢兢的时期，酒几乎成了唯一的能使人获得一点兴奋和轻松的源泉。食满足的是肠胃的需要；酒满足的是精神的需要，是放松一下兴奋一下闹腾一下的需要，是哪怕一刻间忘记那些人皆有之、于我尤烈的麻烦、压力的需要。在饮下两三杯酒以后，似乎人和人的关系变得轻松乃至靠拢了。人变得想说话，话变得多了。这是多么好啊！

一些作家朋友最喜欢谈论的是饮酒的四个阶段：第一阶段饮者像猴子，变得活泼、殷勤、好动。第二阶段像孔雀，饮者得意扬扬，开始炫耀吹嘘。第三阶段像老虎，饮者怒吼长啸、气势磅礴。第四阶段是猪。据说这个说法来自非洲，真是惟妙惟肖！

我也有过几次喝酒至醉的经验，虽然许多人在我喝酒与不喝酒的时候都频频夸奖我的自制能力与分寸感，不仅仅是对于喝酒。

真正喝醉了的境界是超阶段的，是不接受分期的。醉就是醉，不是猴子，不是孔雀，不是老虎，也不是猪。或者既是猴子，也是孔雀，还是老虎与猪，更是喝醉了的自己，是一个瞬间麻痹了的生命。

有一次喝醉了以后，我仍然骑上自行车穿过闹市区回到家里。我当时清醒地意识到自己是醉了（据说这就和一个精神病人能反省和审视自己的精神异常一样，说明没有大醉或大病），意识到酒后冬夜在闹市骑单车的危险。今天可一定不要出车祸呀！出了车祸一切就都完了！一定要控制住自己的身体平衡！一定要躲避来往的车辆！看，对面的一辆汽车来了……一面骑车一面不断地提醒着自己，忘记了其他的一切。等回到家，我把车一扔，又是哭又是叫……

有一次小醉之后我骑着单车见到一株大树，便弃车扶树而俯身笑个不住。这个醉态该是美的吧?

还有一次我小醉之后异想天开去打乒乓球。每球必输。终于意识到,喝醉了去打球,不是一个正确的选择。喝醉了便全不在乎输赢,这倒是醉的妙处了。

最妙的一次醉酒是70年代初期在乌鲁木齐郊区上"五七干校"的时候。那时候我的家还丢在伊犁,我常常和几个伊犁出生的少数民族朋友一起谈论伊犁,表达一种思乡的情绪。一次和这几个朋友在除夕之夜一起痛饮。喝到已醉,朋友们安慰我说:"老王,咱们一起回伊犁吧!"据说我当时立即断然否定,并且用右手敲着桌子大喊:"不,我想的并不是回伊犁!"我的醉话使朋友们愕然,他们面面相觑,并且事后告诉我说,他们从我的话中体味到了一些别的含义。而我大睡一觉醒来,完全、彻底、干净地忘掉了这件事。当朋友们告诉我醉后说了什么的时候,我自己不但不能记忆,也不能理解,甚至不能相信。但是我看到了受伤的右手,又看到了被我敲坏了桌面的桌子。显然,头一个晚上是醉了,真的醉了。

好好的一个人,为什么要花钱买醉,一醉方休,追求一种不清醒不正常不自觉浑浑噩噩莫知所以的精神状态呢?这在本质上是不是与吸毒有共通之处呢?当然,吸毒犯法,理应受到严厉的打击。酗酒非礼,至多遭受一些物议。我不是从法学或者伦理学的观点来思考这个问题,而是从人类的自我与人类的处境的观点上提出这个问题的。

面对一个喝得醉、醉得癫狂的人,我常常感觉到自我的痛苦、生命的痛苦。对于自我的意识为人类带来多少痛苦!这是生命的灵性,也是生命的负担。这是人优于一块石头的地方,也是人苦于一块石头之处。人生与社会为人类带来多少痛苦！追求宗教也罢，追求（某些情况下）艺术也罢，追求学问也罢，追求美酒的一醉也罢，不都含有缓解一下自我的紧张与压迫的动机吗？不都表现了人们在一瞬间宁愿认同一只猴子、一只孔雀、一只虎或者一头猪的动机吗？当然，宗教艺术学问，还包含着更高更阔更繁复的动机，而且不是每一个人都做得到的。而饮酒则比较简单易行、大众化、立竿见影，虽有它的害处却不至于像吸毒一样可怖、像赌博一样令人倾家荡产，甚至于也不像吸烟一样有害无益。酒是与人的某种情绪的失调或待调有关的。酒是人类自慰的产物。动物是不喜欢喝酒的。酒是存在的痛苦的象征。酒又是生活的滋味、活着的滋味的体现。撒完酒疯以后，人会变得衰弱和踏实——“几日寂寥伤酒后，一番萧索禁烟中”。酒醉到极点就无知无觉，进入比猪更上一层楼的大荒山青埂峰无稽崖的石头境界了。是的，在猴、孔雀、虎、猪之后，我们应该加上饮酒的最高阶段——石头。

好了，不再做这种无病呻吟了（其实，无病的呻吟更加彻骨，更加来自生命自身），让我们回到维吾尔人的欢乐的饮酒聚会中来。

在维吾尔人的饮酒聚会中，弹唱乃至起舞十分精彩。伊犁地区有一位盲歌手名叫司马义，他的声音浑厚中略有嘶哑。他唱的歌既压抑又舒缓，既忧愁又开阔，既有调又自然流露。他最初的两句歌总是使我怆然泪下。“一声何满子，双泪落君前”，我猜想诗人是只有在微醺的状态下才能听一声《何满子》就落泪的。我最爱听的伊犁民歌是《羊羔一样的黑眼睛》，我是“一声黑眼睛，双泪落君前”。我现在在香港客居，写到这里，眼睛也湿润了。

和汉族同志一起饮酒没有这么热闹。那时酒的作用似乎在于诱发语言。把酒谈心，饮酒交心，以酒暖心，以心暖心，这就是最珍贵的了。

还有划拳，借机伸拳捋袖，乱喊乱叫一番。划拳的游戏中含有灌别人酒、看别人醉态洋相的取笑动机，不足为训。但在那个时候也情有可原，否则您看什么呢？除了政治野心家的“秀”，什么“秀”也没有了。可惜我划拳的姿势和我跳交际舞的姿势处于同一水准，丑煞人也。讲究的划拳要收拢食指，我却常常把食指伸到对手的鼻子尖上。说也怪，我其实是很注重勿以食指指人的交际礼貌的，只是划拳时控制不住食指。

“何以解忧，唯有杜康”，“古来圣贤皆寂寞，唯有饮者留其名”，“光阴须得酒消磨”，“明朝酒醒知何处”（后二句出自苏轼）……我们的酒神很少淋漓酣畅地亢奋与浪漫，倒多是“举杯消愁愁更愁”的烦闷，不得意即徒然地浪费生命的痛苦。我们的酒是常常与某种颓废的情绪联系在一起的。然而颓废也罢，有酒可浇，有诗可写，有情可抒，这仍然是一种文人的趣味、文人的方式。多获得一种趣味和方式，总是使日子好过一些，也使我们的诗词里多一点既压抑又豁达自解的风流。酒的贡献仍然不能说是消极的。至于电影《红高粱》里的所谓对于“酒神”的赞歌，虽然不失为很好看的故事与画面，却是不可以当真的。制作一种有效果——特别是视觉效果——的风俗画，是该片导演常用的一种艺术表现手法，而与中国人的酒文化未必相干。

近年来在国外旅行有过多次喝洋酒的机会，也不妨对中外的酒类做一些比较。许多洋酒在色泽与芳香上优于国酒，而国酒的醇厚别有一种深度。在我第一次喝干雪梨（Cherry·dry）酒的时候我颇兴奋于它与我们的绍兴花雕的接近。后来与内行们讨论过绍兴黄的出口前景（虽然我不做出口贸易），我不能不叹息于绍兴黄的略显混浊的外观，既然黄河都可以治理得清爽一些，绍兴黄又有什么难清的呢？

我也不明白为什么中国的葡萄酒要搞得那么甜。通化葡萄酒的质量是很上乘的，就是含糖量太高了。能不能也生产一种干红（黑）葡萄酒呢？

我对南中国一带就着菜喝“人头马”“XO”的习惯觉得别扭。看来我其实是一个很保守的人。我总认为洋酒有洋的喝法。饭前、饭间、饭后应该有区分。怎么拿杯子，怎么旋转杯子，也都是“茶道”一般的“酒道”。喝酒而无道，未知其可也。

而我的喝酒，正在向着有道而少酒无酒的方向发展。医生已经明确建议我减少饮酒，我又一贯是最听医生的话、最听少年儿童报纸上刊载的卫生规则一类的话的人。就在我著文谈酒的时候，我丝毫没有感到“饮之”的愿望。我不那么爱喝酒了。穷极无聊的日子毕竟是一去不复返了。

这又是一种什么境界呢？饮亦可，不沾唇亦可。饮亦一醉，不饮亦一醉。醉亦醒，不醉亦醒。醒亦可猴，可孔雀，可虎，可猪，可石头。醉亦可。可饮而不嗜。可嗜而不饮。可空谈饮酒，滔滔三日绕梁不绝而不见一滴。也可以从此戒酒，就像我自 1978 年 4 月起再也没有吸过一支烟一样。

1993 年 4 月时居香港岭南学院

吸　烟

在某些社交场合，当朋友拿出一支“万宝路”或者“红塔山”向我让烟，我说我不会吸的时候，他们往往会表示惊愕：搞写作还不吸烟？

其实我也吸过烟，不搞写作的时候，不能搞写作的时候，“文化大革命”的时候。

我吸过的最差的烟是“航行”牌的，吸时不断灭火，不断爆响，吸完一支整个房间——连整个楼道又辣又臭又呛，没吸烟的人闻到这个味比吸入这样的烟还要觉得可怕。丙级烟里“绿叶”就很不错了。乙级烟吸过的就多了：“青鸟”、“海河”、“烟斗”（“文革”中改为“战斗”）、“解放”、“古车”、“飞马”……介于甲乙级之间的有“前门”和“光荣”，特别是“光荣”，物美价廉，是抢手货。好烟嘛，“牡丹”“凤凰”“红山茶”“彩蝶”，直到“中华”“熊猫”，咱们也都享用过。我的一位朋友主张换着各种牌子吸，这样才能突出那些质地最好的香烟，才能在吸好烟时产生有所不同的感觉。如果天天吸你最喜爱的一种好烟，好与不好的界线也就没了。我的实践完全证实了他的经验哲学。

我在一部苏联小说里读到过这样的描写：约瑟夫·维萨里奥诺维奇·斯大林点烟时从不用打火机，他认为打火机的汽油味会破坏最香的第一口烟的享受。我本人的实践也证明了这位伟人的经验是正确的——如果小说的描写属实的话。所以，即使在我吸烟的全盛时期，我预备过烟斗、烟嘴、烟缸、莫合（俄语译为“马合”）烟荷包、莫合烟的金属与塑料烟盒……却从未预备过打火机。

我还常考验自己的控制力，例如吸着吸着突然停吸一天，或一天只准吸一支，或两天吸一支。我给自己提的口号是：不做烟瘾的奴隶，也不做戒烟教条的奴隶！

确实一直没怎么让烟成瘾。为什么还要吸呢？给自己找点事干，给自己创造一个既不打搅别人也不需要别人的机会，给自己创造一个漫思遐想的气氛，给自己的感官与精神寻找一个对象——注意烟的色、香、味，分散一下种种的压抑、烦恼的虚空。

至于“促进文思”，从来没有的事。我吸烟的效益是促进消除文思而不是促进文思。一吸烟就恍惚，一吸烟就犯困，一吸烟就用夹烟替换了执笔，用吞云吐雾替换了推敲词句，用一口一口吸烟的动作代替了一笔一画地写字，用自生自灭的思忖代替了文学构思。于是不再冲动，不再技痒，不再对文学恋恋依依，乃至不再对社会生活、对友情恋恋依依，也不再有什么疑难，有什么不平了。吸烟可真好啊！

所以，到 1978 年 6 月又收到中国青年出版社约我去北戴河改稿子的信函以后，我说戒就把烟戒了。刚戒时也略有失落感，吃完饭手指头老想揉搓点什么，嘴唇也想叼住点什么。那时就找出一篇论述吸烟害处的科普文章看看，一看那些危言耸听的告诫，也就不想吸烟了。

我戒得很彻底，十余年了，再没吸过一支。有一次别人硬是递给我一支“555”，吸了一口，觉得不是味，扔了。不但自己不吸，而且很讨厌别人吸，呛人。（请吸烟的师友原谅！）

那次我说，我可能要恢复吸烟了，但毕竟没有恢复，也再不想恢复了。吸烟的历史，结束了。

1992 年

本命年

我生于 1934 甲戌年，今年又是甲戌年了，就是说，六十岁了，古人叫作年已花甲。下一个花甲，则是等我一百二十岁的时候。如果那个时候我与《新民晚报》都还平安的话，届时我将给晚报再写一篇文字。

王蒙老矣，尚能饭也，能酒也，能吟咏也，能哭能笑也。乐以忘忧，不知老之将至（或已至），乃是我的写照。至于发愤忘食，没有我的事。第一，不愤，改革开放，歌舞升平，能写能走，不惧跳梁，何愤之有哉？“忘食”更是没有的事，民以食为天，吃都没有兴趣了，这人的世界观还有救吗？

至于本命年云云，从来都是麻木不仁处之。第一个本命年 1946 年，十二岁，升至初中二年级，无异常，开始与地下党同志联系，矢志革命，很好也。第二个本命年 1958 年，错定成“右派”，但是我也从来没有想到这是本命年的干系，那一年属狗的人当中也有好多人没有错划成“右派”而是官运亨通。第三个本命年 1970 年，在伊犁蔫着，好在脑袋屁股完整，没触及皮肉，没抄家，乃不幸中之大幸。古人云“小乱避城，大乱避乡”，避北京而趋伊犁农村，非吉人天相乎？1982年，则是第四个本命年，是年召开了党的第十二次代表大会，本人忝列候补中委，非凶也，惭愧而已。

那么今年呢？今年还是照旧。好好写作，好好做事，好好保养。老了就是老了，用不着不服和勉强做自己做不到的事。老了，一切量力而已。只是要警惕自己，不要僵化，不要老看着年轻人不顺眼，更不要嫉妒年轻人的成就。世界是我们的，也是你们的，但归根结底是你们的。

本与命都是好词儿。本是根本，也是本分。不浮不躁，不亡不贪，不痴不迷，不嗔不怨，知道自己知道什么，更要知道自己不知道什么；知道自己能够做到什么，更要知道自己不能够做到什么——方以固本，方以知命。

命是生命，也是命运——规律。生气勃勃，知白守黑，风物放眼，世事可赏，清水微波，梦中你我，身心地天，是曰知命。乃能养生，乃能快乐，年年固本，年年知命，何红裤带之需欤？

1994年2月

搬　家

我有许多次搬家的经历。

记得幼年时期曾经住在北京后海附近的大翔凤胡同，那是一个两进的院落，我们是租住的。我至今记得夏日去什刹海的搭在水面上的店铺里吃肉末烧饼，喝荷叶粥，傍晚看着店工费劲地点燃煤气灯的情景。

后来家境每况愈下。住不起两进的院落了，搬到北京西四北南魏儿胡同 14 号去，住里院，外院是另一家。里院有一架藤萝，初夏开起红紫白相间的花朵。花朵很好看、很香，如脂如玉，藤萝架也很美。藤萝花还可以吃，把花洗净了，用白糖腌起来，然后做蒸饼的甜馅儿，好吃。

藤萝角长得很大。小时候我爱想的一个问题是：藤萝角有什么用？没有人能告诉我藤萝角的用途。我幼年时曾经有志于研究藤萝角的用途，我认定，像柄柄匕首一样垂在藤萝架下的藤萝角，一定是有用的，关键是还没有人把它们的用场研究出来，而我，应该完成这个使命。

后来把这个使命感就丢了，忘了。如果写检讨，说不定这是我在人生道路上的一次选择失误。好好地研究一下藤萝角的用途，正像电影《决裂》上的那位农学教授研究“马尾巴的功能”一样，应该还是有用的。我也会因而多做出点实事来。

后来在西城报子胡同住过一个地方，当年似乎是甲3号。那是人家房东的大院子后院的几间厢房。房无奇处，但后院似有几分“后花园”的意思：有假山、有几簇竹子，假山与竹子都破败了，年久失修，无人照管。但我似乎看到过小猫在山石上爬上爬下。我和几位小学同学也利用这地形玩过亘古长青的打仗的游戏。晚上，我欣赏过窗户纸上映出的竹叶的阴影。我那个时候又有志于画国画了，还买过芥子园画谱。后来又忘了学画了，这又是一件该叹息的错处了。

还住过受壁胡同18号、小绒线胡同27号等等的。

1963年年底来了一次大搬家，搬到新疆去。一到乌鲁木齐就被接到了文联家属院的家。天寒地冻，冰封雪掩，房子从外面看一片土黄，黄土墙黄泥顶子，更像乡下的房子。进屋以后还不错，刷得白净，烧（火墙）得暖和，只有窗玻璃上结满了比玻璃本身不知厚几倍的冰凌，使窗户呈现出一种不规则的水晶体的半透明。隔着这样的窗户望出去，一切都看得见，一切又是变形与错位的，好一个富有现代感的窗子！为什么房里生着温暖的火灶火墙，窗冰凌都不融化呢？主要是因为窗外太冷了，零下二十多摄氏度。我这才明白因纽特人用冰造房子，而房内温暖如春的道理。这是我第一遭住机关单位的“家属院”。

不久我搬到妻子所在的乌鲁木齐一所中学里去，为了她上班更方便，也因为那边是三间房。一家占三间房，这简直阔绰得难以思议，搬进去才发觉了缺点，原来那房是土地，没有地板，没有洋灰地，也没有砖。土地起土，卧室里的地还发出一股强烈的尿臊味，此前住这房子的人家一定有小孩子就地小便。我始终觉得值得一忆一笑一叹的是我们决定搬家的时候竟还不懂得需要看一看新居的地面是什么样的，竟不懂得地面状况是挑选房子的标准之一。我们曾经多么天真过呀！人总是能够自慰的，想到幼稚天真就想到了纯洁可爱，为自己曾经傻瓜过而眷眷依依。那时候我们已是而立之年了呢。

1965 年去了伊犁。先住在一间办公室里，顶棚和地都镶着木板，只是木板已经破旧，漆面已经剥离脱落，走这种破地板地比土地还容易崴脚。三个月后搬入新落成的教工宿舍。由于房子入冬才建好，潮气大，一点火，屋里氤氲弥漫，谷草味很浓。又由于麦子打得不干净，麦草里混着麦粒，和成泥抹在墙上，一升温，便纷纷发芽，墙上居然长出了一根根的绿麦苗。当然，它们长不成小麦，虽然我玩笑地向农民朋友称之为“我的试验田”。这点经验写在一篇小说里了，也算是文学效应吧。

在伊犁—伊宁市搬过多次家。每次搬家都是用俄式的四轮马车，大体上两车搬完，一车拉家具行李，一车拉煤柴、破烂儿。那时的家当确实很少，符合“轻装前进”的原则。

再以后从伊犁再搬到乌鲁木齐。为修房子又临时搬到充满药品气味的化学实验室。“化学屋”的好处是夏天不进蚊蝇。

1979 年搬回北京，先住一个小招待所，再住“前三门”、虎坊桥，直到现今又住起了平房。平房的特点与优点是更接近自然，听得清雨声风声，室温随着气温变得快，下过雪后可以堆雪人，便于养花养草养猫养狗。我养花多失败，不会侍候花过冬。植树倒小有成绩，除原有的枣和香椿以外，我们自己移栽了石榴、柿子和杏。石榴移栽当年就结了八个，杏树开花一朵（仅仅孤单的一朵，一花独放，绝了），柿子只长树叶。平房更利于夏季乘凉，完全可以在院内开“派对”。这个小院接待过日本作家井上靖、作曲家团伊玖磨，我国的旅美诗人郑愁予、台湾作家琼瑶等。夏夜放置躺椅数个，饮茶与可口可乐及绿豆汤，闲话天南海北，怨而不怒，乐而不淫，亦福事也。

缺点当然也有，蚊子多，虫子多，有潮气，有会飞的与不会飞的土鳖，有攻枣的臭大姐（学名犁椿象），有好杏的蚜虫。虽几经征战，虫子还是落而复起。这也是大自然的一部分吧，有虫子，是天意。

回忆半个世纪，重要的搬家已十余次，不知是反映了变动、不稳定，还是反映了改革和发展。我的生活还是丰富多彩的。搬家是个体力活，即使有了全套服务的搬家公司，也还得花力气。尤其是书，常用的书没几本，不常用的书也死沉死沉的，打点起来活活要人的命。还有就是旧物，扔又舍不得，不扔又白白地占地方，白白地自我霉烂、自我死亡。其实理论上我完全懂得，家庭面貌在很大程度上取决于是否充斥着多余的什物。家里东西摆设的道理与写文章是一样的，精少为佳。应该在增购新物品的同时搞精简，这件事上也需要点魄（破）力的。

常搬家太累，太不稳定。见到一些数十年如一日住在一处的老友又替他们憋闷得慌。我们有一家亲戚，最近搬了一次家，条件似还不如原来。但他们说，他们已老了，这次不搬，恐怕底下就“没戏”了。我完全理解和同情这种心情。为搬家而搬家，就像为吃苦而吃苦，为上大学而上大学，为艺术而艺术，为锻炼而锻炼一样，未必堪为训，实亦不足奇。

刚搬到一处总有几天的新鲜劲，临搬前告别旧居又有点依依不舍。行李打成包，乱纸扔一地，东西一堆堆的搬家前的情景甚至使人想起电影上敌军司令部溃散前的场面。呜呼，哀哉！上车！而且往往在搬家的时候，人会想起："又是好几年，就这样无影无踪地过去了。过去的年代、过去的家，都一去不复返了。"如《兰亭集序》所言，"俯仰之间，已为陈迹"。

其实不搬家，时光也在不停地迁移着。

1991年7月

猫　话

作家养猫、写猫，“古”已有之，于今犹盛。

60 年代，丰子恺先生写过一篇谈猫的文字，说是养猫有一个好处，遇有客至而又一时不知道与客人说什么好，便说猫。

说猫，也是投石问路，试试彼此的心扉能够敞开到什么程度。

那么，我也给读者们说说猫吧。

猫的命运与它们的主人之间，是不是有什么关系呢？

夏衍与冰心都是以爱猫著称的。据说夏公之前养过一只猫，后来夏公落难，被囚多年，此猫渐老，昏睡度日，乃至奄奄一息。终于，夏公恢复了自由，回到家，见到了老猫。老猫仍然识主，兴奋亲热，起死回生，非猫语“喵喵”所能尽表。此后数日，老猫不饮不食，溘然归去。

或谓，猫是一直等着夏公的。只是在等到了以后，它才撒爪长逝。

闻之怆然，又生人不如猫之思。

冰心家里养着两只猫，都是白猫。一为土种，一为波斯种，长毛碧眼。按当今神州时尚，自是后者为尊为宠。偏偏冰心老人每次都要强调，她不喜欢碧眼波斯猫——像个外国人似的。她强调碧眼波斯猫是她的女儿吴青的，土猫才属于她自己。她称她的褐眼土猫为“我们家的一等公民”。她把她与猫的合影送给我与妻，照片上一只大猫占了三分之二到四分之三的位置，老人叨陪末座。

刘心武也养猫，是一只硕大无朋的波斯猫，毛洗得雪白纯净，俨然贵族，望之令人惊喜，继而心旷神怡。唯该猫对待客人十分淡漠，它能引起你的兴趣，你却引不起它的兴趣。面对这样的优良品种贵族气质的大白猫，你似乎也略感失落。

刘家还另有一只土猫。刘心武曾经撰文维护万有的生存权利与猫猫生而平等的观念，说是他钟爱波斯猫而绝不轻慢土猫。不薄土猫宠波斯。这种轻重亲疏的摆法，又与冰心老人不同了。

我也喜欢养猫。“文革”期间我在新疆伊犁，养了一只黑斑白狸猫，取名“花儿”，是我所在的巴彦岱红旗公社二大队的看瓜老汉送给我的。这只猫十分善解人意，我们常常与它一起玩乒乓球。我与妻各在一端，猫在中间。我们把球抛给猫，猫便用爪子打给另一方，十分伶俐。花儿特别洁身自好，绝不偷嘴。我们买了羊肉、鱼等它爱吃的东西，它竟能做到非礼勿视、非礼勿行，远远知道我们买了东西，它避嫌，走路都绕道。这样谦谦君子式的猫我至今只遇到过这么一回。

这只猫时时跟随着我。我在农村劳动时，它跟着我下乡。遇到我去伊犁河畔的小庄子整日未归时，它就从农家的房顶一直跑到通往庄子的路口，远远地迎接我。有时我骑自行车，它远远听到了我的破旧的自行车的响声，便会跑出去相迎。遇到我回伊宁市家中，我也把它带到城市。最初，这种环境的变异使它惊恐迷惑，后来，它似乎明白了是怎么回事，习惯于双栖生活，不以为“异”了。

花儿的结局是很悲惨的。可能它过于“内外有别”了：它在家里表现得克己复礼，但据说常在外面偷食。毕竟是猫。花儿偷食了人家的小鸡，被人下了毒饵——真可怕，人是世界上最残忍的动物，鸡的主人在一块牛肉里放了许多针，我们亲爱的花儿在生育一个月、哺乳期刚满之后中毒针死去。它的死是多么痛苦呀！

我现在也养着猫。与夏公、冰心、心武的猫相比，我的猫不修边幅，不仅邋遢，简直是肮脏。一些养猫的行家对我是嗤之以鼻，认为我根本不配加入宠猫者的行列。这里的关键问题是，他们这些宠猫者养的猫都是阉割过的无“性”猫，是一些大太监二太监小太监之流（请二位前辈及心武老弟原谅我）。对于人来说，它们是太可爱太漂亮太尊贵了，但对于它们自身来说，它们能算是得宠了吗？能算是幸运的吗？以阉割作为取宠的代价，是不是失去得太多了呢？

我养的猫完全是率“性”而为。我们家有一个小院，四株树，猫爬树上房，房顶上是它的自由天地。叫春的时候，它引来一群“男友”，有大黄狼猫、黄白花猫、黑白花猫、纯白猫，在房上你唱我和，你应我答，你哭我叫，煞是热闹。人不堪其吵闹，蒙也不改其乐。人需要 love，猫没有 love 行吗？蒙甚至纵容猫儿的“自由化”到这种程度：大黄狼猫竟敢大白天从树上蹿到我们的院子，捉我们养的小白猫当众做爱。世风日下，猫心不古，呜呼善哉！

王蒙是以猫本位的观点而不是以人本位的观点来养猫的。我养的猫又野又脏，参加选美是没有戏的。但我仍然为王蒙养的猫而庆幸。

当然，这又与计划生育的原则相违背。我的狸猫两年五窝，每次生崽儿三至五个，至今一批小崽儿推销不出去，早晚有猫满为患的那一天。这样养猫，贤明乎？大谬乎？您说呢？

1993 年

磨豆浆

在家里，有几件事是我“垄断”的——喂猫、调理煤气灶的风眼和磨豆浆。

现在，先谈一谈磨豆浆。

我喜欢喝豆浆，首先是基于营养学的有关理论，什么蛋白质啦矿物质啦胆固醇比牛奶低得多啦之类。其次是由于传统，我这个年龄的人，长期生活在北京，能想得出什么更好的早餐来吗？后来又加上新潮流。我在澳大利亚就知道，那里的豆浆比等量的牛奶贵多了。在新加坡，我也发现，那里到处都有袋装的豆浆卖。您瞧，东方的神秘主义与西方的实证主义，炎黄传统与现代科技，以及带有东方禁欲主义色彩的素食路线与讲求营养的乐生态度，不就在豆浆上汇合了吗？大哉豆浆！粥我所欲也，豆浆亦我所欲也，谁说二者不可得兼？一样一样地喝可也。

但是常常苦于找不到好豆浆，豆浆的本源黄豆可比稀粥坚硬多啦！把坚硬的黄豆变成温柔驯顺纯洁无私的豆浆并不是那么容易的事情。早点铺里卖的豆浆清可鉴人，透明度未免令人伤感；有时还有沉渣起伏，有时还有酸味辣味“哈喇”之味。自从我国经济发展生活水平提高以来，鸟枪换炮，就连最不像样子的早点铺也变成二等餐馆了，大家都向五、四、三星级酒店看齐，鸡鸭鱼肉都不在话下，一心追求乌龟王八蝎子上席，这样，最最不像样子的豆浆就很难找到了。无豆浆便想豆浆，这也是人之常情吧。五年前我便开始用买自意大利罗马的粉碎机自制豆浆。粉碎效果很好，就是过滤麻烦。为了过滤豆浆，我特意买了箩。后来一位朋友又送了我一面更精致的金属丝编织的箩，上题：“碾压成正果，漏渗有精华”，令人忍俊不禁，心想亏他想得出。题字是经过刀刻烟熏涂绿的，不像是这位朋友“别有用心”自撰的。后来我把这面箩送给张洁了。但据说她也没怎么坚持从事豆浆制造事业，她也嫌麻烦。

有了箩仍然磨不干净，滤不干净，每次出浆不多，出渣不少，物未尽其用，精华与糟粕不分，一起扔掉或者沤肥，有点对不起种豆打豆的贫下中农。我也试着把豆渣吃过几次，呛得孩子直咳嗽。

恰在此时，有一位朋友得知了我偏爱豆浆的事。她慷慨地把一台上海出产的矽钢万能食品粉碎机送给了我，其中特别包含了磨豆浆和筛豆渣的设施：粉碎的刀具外面包着一层纱罩，把粉碎与过滤变为一道工序，抓一把浸泡软化过了的黄豆可以加水三次碾磨出浆三次。这样，眼看着泡得饱满鼓涨的黄豆一次又一次地变成充溢着营养的白色乳汁，心中的几乎是类似创世的快乐便油然升起。劳动创造世界，马克思主义的那么多道理似乎是从这里来的——不像是从“造反有理”那里来的。

当然，洗豆泡豆加水开动停机……这样做很费时间。磨豆浆的噪音也很大。有时为供应全家喝豆浆，我要早起一个小时，磨完了煮开也要费不少时间。豆浆很容易出现沸腾的假象，诈诈唬唬一大堆泡沫其实仍然是凉的；而生豆浆喝了是会中毒的，所以需要十分小心地慢慢加热，自始至终密切注视着豆浆的动态，不敢掉以轻心，绝对不能使之失控。整整六十分钟一心沉浸在豆浆制作的兴奋与不无的紧张里，把一切不如磨豆浆有趣有意义、不如磨豆浆清楚明白的狗事——那些一心不想让人喝好豆浆的破事——全部丢到九霄云外，我觉得很愉快。边喝豆浆边长精神，边喝豆浆边得休息，边喝豆浆边认定如果一旦自己江郎才尽写不成小说了，能磨豆浆也还算有点用，磨不了豆浆光喝也行，就是千万别干专门害写作的同行整写作的同行的事。

那样的人毕竟是极少数。我边喝豆浆边感到了同行之间的友谊的温暖。中国当代文人的特点毕竟是常常相濡以沫，不是一口咬住就不撒嘴。而那些狼视眈眈，时刻打算着把同行吞到肚里去的朋友，如果多磨几次豆浆喝几次豆浆，说不定也会增加一点人情味，表情变得松弛一些。

1993 年

我爱喝稀粥

在我的祖籍河北省南皮县，和河北的其他许多地区一样，人们差不多顿顿饭都要喝稀粥。甚至在米饭炒菜之后，按道理是应该喝点汤的，我们河北人也常常是喝粥。

家乡人最常喝的是“黏粥”，即玉米面或玉米糙子熬的糊糊。乡亲们称这种粥为“馇”，他们说“馇锅黏粥”，而不说什么“熬一锅粥”。新下来的玉米，有时候加上红薯，饭后喝上两碗，一可以补足尚未完全充实饱满的胃，二可以提供进餐时需要摄入的水分（那时候我们进餐的时候可没有什么饮料啊——没有啤酒可乐，也没有冰水矿泉水），三可以替代水果甜食冰激凌，为一顿饭收收尾，做做总结，把嘴里的咸、腥、油腻、酸、辣味（如果有的话）去一去，为一顿饭打上个句号。

喝稀粥的时候一般总要就一点老腌萝卜之类的咸菜。咸菜与稀粥是互相提味、互相促进、相得益彰的，这一点无须多说。吃惯了这种搭配，即使吃白米粥、糯米粥、牛奶麦片粥、燕窝粥、海鲜粥，如我后来有幸吃过的那样，也常常不能忘情于老腌萝卜、云南大头菜或者四川榨菜；还有天源酱园、六必居、保定“春不老”的名牌特制酱菜，咸菜也是不断发展丰富提高的，常吃稀粥咸菜也罢，食者是完全用不着气馁的。

也有属于甜点性质的粥：赤豆汤、八宝莲子粥，板栗、杏仁、花生做的羹食等。就不就咸菜，则无一定之规了。

粥喝得多、喝得久了，自然也就有了感情。粥好消化，一有病就想喝粥，特别是大米粥。新鲜的大米的香味似乎意味着一种疗养，一种悠闲，一种软弱中的平静，一种心平气和的对于恢复健康的期待和信心。新鲜的米粥的香味似乎意味着对于病弱的肠胃的抚慰和温存。干脆说，大米粥本身就传递着一种伤感的温馨，一种童年的回忆，一种对于人类幼小和软弱的理解和同情，一种和平及与世无争的善良退让。大米粥还是一种药，能去瘟毒、补元气、舒肝养脾、安神止惊、防风败火、寡欲清心。大鱼大肉大虾大蛋糕大曲老窖都有令人起腻、令人吃不消的时候，然而大米粥经得住考验而永存。

另一种最常喝的粥就是“黏粥”了。捧起大粗碗，“吸溜吸溜”吸吮着玉米面馇的稠稠糊糊、热热烫烫的黏粥，真有一种与大地同在、与庄稼汉同呼吸、与颗颗粮食相交融的踏实清明。玉米粥使人变得纯朴，变得实在，玉米粥甚至给人一种艰苦奋斗、先天下之忧而忧、后天下之乐而乐的乡土意识、忧患意识、安贫乐道随遇而安人不堪其忧我也不改其乐的意识。玉米粥会叫人想到贫穷困难，此话不假，笔者在三年困难时期就有过一天只喝两顿粥的经验，玉米粥拼命喝，喝得肚子里咣里咣当，喝得两眼发直。正因为如此，笔者才由衷欢呼十一届三中全会以来改革开放、繁荣经济、人民生活水平提高的有目共睹的伟大成绩。同时，玉米食品又是和营养学、现代化、生活选择的多样化联系在一起的。例如在那个一些小子认为月亮都要比中国的圆的美国，炸玉米片、崩玉米花都是深受欢迎的大众食品，少量的玉米糊糊也可以作为配菜与主菜一道上台盘，为西式大菜增色添香。近年来，国内的玉米方便改良食品也方兴未艾起来。呜呼，吾乡之玉米粥也，且莫以其廉价简陋而弃之，山重水复疑无路，柳暗花明又一村，它的生命力还远大着呢！

至于每年农历腊月初八北方农村普遍熬制的腊八粥，窃以为那是粥中之王，是粥之集大成者。谚曰："谁家的烟囱先冒烟，谁家的粮食堆成尖。"是故，到了腊八这一天，家家起五更熬腊八粥。腊八粥兼收并蓄，来者不拒，凡大米小米糯米黑米紫米黍米（又称黄米，似小米而粒略大、性黏者也）鸡头米薏仁米高粱米赤豆芸豆绿豆豇豆花生豆板栗核桃仁小枣大枣葡萄干瓜果脯杏仁莲子以及其他等，均融汇于一锅之中，熬制时已是满室的温暖芬芳，入口时则生天下粮食干果尽入吾粥，万物皆备于我之乐，喝下去舒舒服服、顺顺当当、饱饱满满，真能启发一点重农爱农思农之心。说下大天来，我们十多亿人口中的八九亿是在农村呀，忘了这一点可就是忘了本、忘了自己是老几喽。

闽粤膳食中有一批很高级的粥，内置肉糜、海鲜、变蛋乃至燕窝鱼翅，食之生富贵感营养感多味感南国感，食之如接触一位戴满首饰的贵妇，心向往之赞之叹之而终不觉亲近。这大概反映了我土包子的那一面吧。

当然，不是说稀粥至上，随着生活水平的提高、眼界的开阔，我们的餐桌上理应增添许多新鲜的、富有营养的饮食，饮食习惯上的保守是不足取的。其实讲到吃东西我是很能接受新鲜事物包括各种东洋西洋土著乃至特异食品的。诸如日本之生鱼片、美国之生牛肉、法国之各色（包括发绿发黑发臭者）起司（乳酪）、俄罗斯之生鱼子、伊斯兰国家之各种羊肉羊脂、我国白族喜吃之生猪肝生猪皮以及生蚝生贝、桂皮味之冰激凌苹果排、各种冷饮热饮天然人工含酒精含咖啡因或不含这些玩意儿之液体食品，均在在下小小胃口的受用之列。这一点使我深觉自豪，这一点使我时而自吹自擂：鄙人口味，就是富有开放性兼容性嘛。我喜欢尝试新经验，包括吃喝，这样，活得不是更有滋味吗？对于身体健康不是更有利吗？

但是，我对稀粥咸菜似乎仍然有特殊的感情。当连续的宴请使肠胃不胜负担的时候，当过多的海鲜使我这个北方人嘴上长泡、身上起荨麻疹的时候，当一种特异的饮食失去了最初的刺激和吸引力、终于使我觉得吃不消的时候，当国外的访问生活使我的肠胃不得安宁的时候，我会向往稀粥咸菜，我会提出“喝碗粥吧”的申请，我会因看到榨菜丝、雪里蕻、酱苤蓝，闻到米粥香味而欢呼雀跃，因吃到了稀粥咸菜而熨帖平安。不论是什么山珍海味，不论是什么美酒佳肴，不论走到哪个地方，在不断尝试新经验、补充新营养的同时，我都不会忘记稀粥咸菜，我都不会忘记我的先人、我的过去、我的生活方式，以及那哺育我的山川大地和纯朴的人民。我相信我们都会吃得更美好、更丰富、更营养、更文明、更快乐。

1991 年 10 月

忘却的魅力

散文就是渴望自由。自由的表达，自由的形式，自由的来来去去。

记忆是美丽的。我相信我有出色的记忆力。我记得三岁的时候夜宿乡村客店听到的马匹嚼草的声音。我记得我的小学老师的面容，她后来到台湾去了，四十六年以后，我们又在北京重逢。我特别喜欢记诗，寂寞时便默诵少年时候便已背下来的李白、李商隐、白居易、元稹、孟浩然、苏东坡、辛弃疾、温庭筠……还有刘大白的新诗：

归巢的鸟儿，
尽管是倦了，
还驮着斜阳回去。

双翅一翻，
把斜阳掉在江上；
头白的芦苇，
也妆成一瞬的红颜了。

记忆就是人。记忆就是自己。爱情就是一连串共同的、只有两个人能共享分享的刻骨铭心的记忆。只有死亡，才是一系列记忆的消失。记忆是活着的同义语。活着而忘却等于没活。忘却了的朋友等于没有这个朋友。忘却了的敌意等于没有这个敌意。忘却了的财产等于失去了这个财产。忘却了自己也就等于没有自己。

我已不再年轻，我仍然得意于自己的记忆力。我仍然敢与你打赌，拿一首旧体诗来，读上两遍我就可以背诵。我仍然不拒绝学习与背诵新的外文单词。

然而我同样也惊异于自己的忘却。我的“忘性”正在与“记性”平分秋色。

1978 年春，在新疆工作的我出差去伊宁市，中间还去了一趟以天然牧场而闻名中外的巩乃斯河畔的新源县。1982 年，当我再去新疆伊犁的时候，我断然回答朋友的询问说：“不，我没有去过新源。”

“你去过。”朋友说。

“我没去过。”我摇头。

“你是 1978 年去的。”朋友坚持。

“不，我的记忆力很好……”我斩钉截铁。

“请不要过分相信自己的记忆，那一年你刚到伊犁，住在农四师的招待所即第三招待所，从新源回来，你住在第二招待所——就是早先的苏联领事馆。”朋友提醒说。

我一下子懵了。果真有这么一回事？当然。先住在第三招待所，后住在第二招待所，绝对没错！连带想起的还有凌晨赶乘长途公共汽车，微明的天色与众多的旅客众多的行李。那种熙熙攘攘的情状是不可能忘记的。但那是到哪里去呢？到哪里去了又回来了呢？似乎看到了几间简陋的铺面式的房子。那又是什么房子呢？那是新源？我去了新源？我去做什么了呢？为什么竟一点也不记得？

一片空白，全忘却了。

不可思议。然而，这是真的。新源就是这样一个我去过又忘了等于没有去过的地方。这比没有去过，或者去了牢牢记住然而没有机会再去的地方还要神秘。

我忘却的东西越来越多了。一篇稿子写完，寄到编辑部，还没有发表出来，已经连题目都忘了（年轻时候我甚至能背诵得下自己刚刚完成的长篇小说）。当别人叙述一年前或者半年前在某个场合与我打交道的经过的时候，我会眨一眨眼睛，拉长声音说："噢……"而当我看到一张有我的形象的照片的时候，我感到的常常只是茫然。

感谢忘却：人们来了，又走了。记住了，又忘却了，有的压根儿就没有记。谁，什么事能够永远被记住呢？世界和内心已经都够拥挤的了，而我们，已经记得够多的啦。幸亏有忘却，还带来一点好奇，一点天真，一点莫名的释然和宽慰。待到那一天，我们把一切都忘却，一切也都把我们忘却的时候，那就是天国啦。

1989 年 5 月

我的另一个舌头

1987 年晚秋，那一天午餐招待来北京演出的西藏歌舞团。民委主任司马义·艾买提同志讲话的时候，我鼓励他用维吾尔语讲，由我担任翻译。他推辞了一下，我俩就这样操作起来了，大家笑成一团。

我爱听维吾尔语，我爱讲维吾尔语。我常常陶醉于各民族的同胞分别用自己的语言，淋漓酣畅地抒情达意，而同时又能很好地交流的吉祥情景。还有，没办法隐瞒的是，我不愿意放过任何可以使用维吾尔语言、可以练习提高维吾尔语言乃至可以“显摆”自己的维吾尔语言的机会。一讲维吾尔语，我就神采飞扬，春风得意，生动活泼，诙谐机敏。一种语言并不仅仅是一种工具，而是一种文化，是一个活生生的人群，是一种生活的韵味，是一种奇妙的自然风光，也是人文景观；还是世界真奇妙的一个组成部分，是我的一段永远难忘的经历，是我的一大批朋友的悲欢离合，他们的友谊、他们的心。

60 年代后期，当命运赐给我与维吾尔农民共同生活的机会，政治风暴把我抛到我国西部边陲伊犁河谷的边缘以后，我靠学习维语在当地立住了足，赢得了友谊与相互了解，学习到了那么多终身受用不尽的新的知识，克服了人生地不熟的寂寞与艰难，充实了自己的精神生活。

维语是很难学的，无穷的词汇。小舌音、卷舌音与气声音，这是汉语里所没有的，更困难的是那些大致与汉语的音素相近的音，你要听出说出它与汉语不同的特色来。语法就更麻烦了，什么名词的六个格，动词的时、态，人称的附加成分，有时候一个动词要加十几种附加成分……真是怎么复杂怎么来呀！而它们又是那样使我倾心，使我迷恋。它们和所有的能歌善舞的维吾尔人联系在一起。它们和吐鲁番的瓜与葡萄、伊犁与焉耆的骏马、英吉沙的腰刀、喀什的清真大寺与香妃墓、和田的玉石与地毯联系在一起……我欣赏维吾尔语铿锵有力的发音，欣赏它令人眉飞色舞的语调，欣赏它独特的表达程序……一有空闲，我就打开收音机，收听维吾尔语广播。开始，我差不多一个字也听不懂，那也听，像欣赏音乐一样如醉如痴地欣赏它，一听就喜笑颜开，心花怒放。两个农民小孩子说话，我也在旁边“灌耳音”，边听边钦佩地想：“瞧，人家多棒啊！人家这么小就学会了维吾尔语！且慢！原来他们本来就是维吾尔人，维吾尔语是他们的母语，他们会说维吾尔语正如我们的孩子一学话就说汉语，实在也不足为奇……”我学维吾尔语已经快要走火入魔了。

我学习着用维吾尔语来反应和思维，夜间起床解手，扶着炕就说“karawat”，开门的时候就说“ixik”，沿墙走路就说“tam”，小便了就说“suduk”，起风了就说“xamal”，再回到炕上便告诫自己：“uhlay！ uhlay！”（睡觉的第一人称祈使式）后来，看到打上了数的算盘或者阿拉伯数字，我会立即用维吾尔语读出来，而如果当时一位汉族同志突然用汉语问我这是多少，我会瞠目结舌，一瞬间茫然不知所措。

我终于可以说我多了一个舌头了。和维吾尔人在一起我同样可以口若悬河滔滔不绝，也可以语言游戏，话外含音……不仅多了一个舌头也多了一双耳朵，你可以舒服地听进另一种语言，领略它的全部含义、色彩、情绪，你可以听懂那么多的话语和歌曲；还多了一双眼睛，你能读通曲里拐弯由右向左横写的维吾尔文字，能看得懂用这种文字出版的书籍；更多了一个头脑、一颗心，你获得了知识、经验、理解、信任和友谊，你能更多地关心和记住他们了。总而言之，你打开了另一个世界。

不是说“理解万岁”吗？为了理解，让我们学会学好更多的兄弟民族的语言文字吧，也学好更多的外国语吧。改革开放的时代应该有更多的语言知识与语言本领。而且，这个学习过程充满了奇妙的经验和乐趣。

1994 年 5 月

浪漫情怀

十八九岁的时候是我阅读苏联小说的一个高潮。我读了《少年日记》，描写一个少年人的哥哥——一个红军战士的爱情故事。到现在，连作者的姓名也忘记了，但我仍然记得那小说中表现的人性的美，表现的苏联人的崇高、纯洁、诗意。读之如饮醇酒，一嘴一肚子的芬芳、甘美和陶醉。

后来读巴甫连科的《幸福》，歌颂斯大林，歌颂一位身患重病的红军指挥员与一位身材高大的女军医之间的爱情，歌颂苏联红军在卫国战争大反攻阶段解放东欧诸国的胜利情景，描写战后苏联人与美国人精神上的一次较量。书里还直接描写了斯大林的圣哲与伟岸。其语言之美丽、深邃、自信、雍容，场面之辉煌，感情之饱满，思想境界之高屋建瓴令我倾倒再倾倒。我努力在自己的生活中寻找与《幸福》相通的因子，我找到的很少，但也有一点。那是在 1953 年的新年除夕，我以区里的新民主主义青年团干部的身份去一些学校参加学生们的迎新活动，我骑着一辆破自行车在鼓楼大街上飞奔，听到了午夜的钟声……在飞速行进中度过了一年，我自我感动得要命，当然，那是幸福。文学的最高使命也许就是让人们感受自己的幸福吧？

可惜后来不太久，斯大林的神话漏了气，巴甫连科的神话也不灵了。在个人迷信时期，在斯大林搞肃反扩大化的时候，巴甫连科似乎干过一些不齿于人类的事情。一个有弱点的人也可以写得你神魂颠倒，不知道这说明了文学的力量还是文学的没有力量。

我曾经激赏《远离莫斯科的地方》。丹尼亚对书中的主人公（我已忘记了他的名字）说："你就不注意一下我吗？"这个苏联姑娘的大胆与热烈当时也叫我纳闷儿：咱们的生活里怎么没有这样的女孩子呢？

那时候我不懂小说与生活的区别，有些事是不能把小说的情节描写照搬到现实中来的。搬过来以后也许反而显得做作、过分、烦人。文学的魅力之一就在于它酷似生活又不似生活，酷似真实又难以较真儿，酷似可以指导你，却又难以认真操作。

在"反右"斗争中我反复地读《双城记》，我需要体会的是历史的严峻、政治的威严、个人的渺小、命运的无常。确实，狄更斯帮助我度过了那考验的日子。

读小说是一种享受。后来年纪渐渐大了，读的小说也杂了，自己又写了那么多。酸甜苦咸辣，涩鲜淡厚麻……舌头的品味要求已经不限于浪漫的甜酒了。也难得那样地感动那样地泪流满面了。甚至看那些名著的时候，我也常常发现那名气大得吓人的、让年轻同行五体投地的外国作家是怎样地作伪和取巧，怎样地回避和诡辩；更不要说装腔作势和无病呻吟啦。水至清则无鱼，人至察则无书。无书就更要寻觅好书，珍爱好书了。幸乎？悲乎？识者教之。

1997 年 1 月

想念玩具

生日那天我一早起来量血压，孙儿对我说："爷爷，您要少生气，您量血压的时候就想一想从前玩过的玩具。"

他说得暖到了我心里。这是一个永远美丽的话题：你玩过什么玩具？

我玩过皮球、毽子、玻璃球、桃核、小刀、木枪、木刀、面具、镜子、放大镜……

由于有一个只比我大一岁的姐姐，所以我小时候与女孩子在一起学会了跳房子、踢毽子、抓子儿。我至今会说拍皮球时候的童谣：

一个毽儿，踢两半儿，（拍几下球）
打花鼓，（用脚踩拍皮球）
绕花线儿，（用力拍一下球，转身三百六十度继续拍）
里踢，（用脚里侧踢一下球）
外拐，（用脚外侧踢球）
八仙，（双腿劈开骑球跨过）

过海，（双腿紧并片球而过）

九十九，一百。（再正常拍球，完成一个程序）

我也玩过相对奢侈的玩具，一种是分三部分排列组合的人像画册“活动变人形”，还有一种是商务印书馆造的白雪公主和七个小矮人的木偶，用一个木槌打木球，以最准最快地打倒全部木偶为胜。我觉得兼有保龄球与高尔夫球的契机在里边。可惜，此后再没有见过这种玩具。

父母也曾给我买过一个轮船模型，说是将模型放在水上，在某处点上火，船儿就会前进。这实在是唤醒了我的航海梦。我按说明书上的要求，先拿一个洗脸盆装满清水，然后放船，点火，噗噗噗噗噗，船行进了五厘米，一声闷响，船不再行进了。找了大人来看，说是已经坏了。我的麦哲伦、哥伦布、郑和之梦，从此告吹。

最大的遗憾是我没有玩过风筝。所以，读鲁迅的《风筝》的时候，我只觉得自己比他更可怜。

当然也有玩得极满足的时候，和同学们一起玩打仗，玩剁刀子，玩斗蛐蛐儿……带点火药味儿。

今年夏季，我“教育”孙儿：“你们怎么这么贪玩？我在你们这么大的时候最喜爱学习功课了，我以做功课为最大的乐趣。”（按：这是真的，我树的不是假典型。）

一个十岁一个九岁的孙子大笑：“您那时候有什么玩具？您有什么可玩？不就是和和泥吗？”

他们并没有见过我怎样度过童年，但是他们坚信我的童年很枯燥匮乏。我相信这是小学里进行新旧社会对比教育的成绩，他们是对的。我羡慕他们的儿童玩具和他们肯定比上一代上两代过得强的信心。我因为他们的童年比我们的更丰富多彩而感到很大的欣慰，更因为他们对我儿时玩具的提醒而十分感激他们。我得经常想念自己的玩具。

1996 年 10 月

我和图书馆

从小我就喜欢读书，与图书馆的感情是通过书建立起来的。

在我十岁前后，我家住在北京西城的小绒线胡同，旁边的太安侯胡同里有个民众教育馆，教育馆里的图书室很小，但对我是个吸引力很大的地方。一有空，我就去那儿看书，一去就坐到闭馆时分。大概常去看书的人中我年龄最小、个头儿最矮，而且又常是最后一个离馆吧，管理员对我非常熟悉。到了冬天，天黑得很早，炉火快灭时，呵口气便凝成了雾，手都冻僵了。管理员见我还在看，就总是和气地催促我说："小孩儿，该回家啦！"

因为那个图书馆的图书不外借，所以有许多书我是坐在馆里读完的。最初吸引我的是一批武侠小说，《小五义》《大宋八义》《七剑十三侠》等。我还借阅过《少林十二式》《八段锦》《太极拳式图解》等讲练功的书，也照书练了一阵子，但收效甚微。渐渐地，冰心、沈从文、丁玲的书引起了我的阅读兴趣，我越来越热爱文学了。

上初中了，我开始去北海旁的北京图书馆看书。最初，因为我个子矮，不像中学生，进门常受到阻拦。初二时戴上了眼镜，显得

“老成”了，就不再受阻了。那段时间印象最深的，是等书时的焦急，查卡片倒是很快，交上去后，就坐在规定的位子上等。有时要等四十分钟甚至更久，才有人将书从库中调出送来。如果等了半天，听见的回答却是：“这两本书已经外借了！”心情的沮丧是可想而知的。就靠在这宫殿式的图书馆里借书读，我读了鲁迅的一批杂文，读了巴金、许地山、朱自清、刘大白以及胡适的一些作品，读完了《士敏土》《铁流》和一批世界文学名著。在北图借阅的这段读书生活，对我一生的道路有着怎样的影响，在当时连自己也未曾想到。

惭愧的是，工作以后我不再是图书馆的常客了。当然，我还常常从作协、文化部的资料室直到北京图书馆外借书籍。1987 年我在文化部任职的时候，主持了北京图书馆新址的施工验收与开馆事务，这使我十分高兴。

能不能在图书馆把屁股坐稳，是一个人治学作文的心态是否良好的重要标志。忙于蝇营狗苟、陷于是是非非、乐于咋咋呼呼、迷于拉拉打打的人是坐不住的，他们的屁股眼里老是像插着草。这是很值得同情和怜惜的。但仅仅是这样也就罢了，问题是他们看到别人在图书馆用功居然会生气，他们总是要无事生非，横生枝节，不把旁人也搅得读不成书他们就不肯罢休。对这些图书馆的克星，该怎么办才好呢？

1992 年

灿烂的笑容

提起冯骥才，首先会想到他的大个子，为中国作家争脸的身材。记得 80 年代一位英籍国际笔会的副主席埃尔斯托普来华访问，我们见面时谈到了冯骥才刚刚结束的英伦之行。这位英国作家笑着说："他的身材太引人注意了，英国的女性都非常喜欢他。"名声到了英国，走向了世界。不过还好，据我所知，他对妻子小顾是靠得住的，不论什么时候，他都以极好的态度对待妻子，一提到小顾就笑容灿烂，与小顾在一起时不停地笑着，平常说话他也是小顾小顾的不断地引用着顾同昭语录，像是一个"五好"丈夫。

由于个儿高，我记得在备受争议的第四次全国作家代表大会期间他对我说："我建议作协主席按身高轮流担任。"真是太妙了，这对那些把作协视为衙门，把作协的跑腿管事人员身份视为争来夺去的乌纱帽的文丑们，无异于一服清凉剂。不是吗？一个作家写不出好书来，再大的乌纱帽也徒然凸显了帽下的空白—— 叫作名不副实。那么大冯这样说是不是也从潜意识里表达了他的过把主席瘾闹闹的儿童心理呢，我就不知道了。

由这个大个子写一篇《高女人和她的矮丈夫》就特别哏儿，哏儿完了又挺伤感。特别是描写高女人死后，她的矮丈夫遇到雨天仍然高高举着一把伞，令人感到那伞下有一个空白一节，读之难忘，读之唏嘘不已。

大冯就是这样的人，个儿大，心细，心柔。对谁都是一脸的微笑，亲切，谦虚，体贴，幽默，总是令人愉快。他不是那种总让别人觉得欠了他两百吊钱的作家，也不是那种见谁臭谁，绕世界抹黑散味的霉变物。在与他的交往中你会感到自己是受关心受友爱的，而不是被勒索爱心的。大冯常常和我谈到我的新发表的作品，他作为同行的这种细心和友谊，使我感到十分熨帖。他也会关心旁人，每次见面嘘寒问暖。在去年冬天我因割除胆囊住院期间他来了一个传真，说是："闻君小小有恙，我亦大大不安。"有些了不起的作家是十足的利己者，他们只要求被知道被围绕被注意被关心。现在有"送温暖"一说，大冯确是一个会送温暖的人。如果作家队伍里多几个大冯，少几个嗞嗞冒烟的手榴弹，少几个由于难产而憎恨一切鸡蛋的鸡，文坛的气氛会祥和得多。

我常常忆起 1979 年（1978 年？）第一次在人民文学出版社总编辑韦君宜同志那里见到他的情景。君宜个儿矮，与大冯成为很可笑的对比，但由于大冯的谦虚天真善良如儿童的笑容，你很快接受了他们的愉快相处。你个子再小，在大冯面前也不必不安，因为大冯从精神上更像是个孩子，他懂得尊重别人，这正是他的魅力。

他又那么聪明，多才多艺。他写义和团写神鞭写英国写"文革"写船歌也写乒乓球运动员。他的画很有味道，也有功底，听说还颇有效益。他的文化评论写得有见识有趣味。他为保存天津旧文物做了大量工作。

他这个人也极有趣，每年政协开会期间听他与张贤亮斗嘴，你觉得好玩得不得了。一物降一物，有了冯骥才，牛皮张贤亮才受到了一点约束，不至于“上房揭瓦”，张贤亮常常在与冯的舌战中处于下风。

70 年代末期或 80 年代初期，我头一次去他天津的家。一间房子里摆着钢琴摆着床与桌椅摆着许多有真有假的文物古玩。房子和他的聪明一样，满溢得快要爆炸了。后来，几次搬家，他现在的住房可是鸟枪换了高射连发火箭炮了。他给我以功成名就生活猛往上蹿的感觉，应该祝贺他和类似他的作家赶上了好时候，祝贺他们事业有成。同时劝他保重再保重，踏遍青山人不老，我们还等着读他的新作，好事还在后头呢。

2000 年 5 月

鳞与爪

一

1979 年夏天，我刚刚举家从新疆迁移回北京，临时住的地点离故宫护城河很近，晚饭后我常常沿着护城河散步。垂柳、角楼、劳动人民文化宫与公园后门，种种亲切和美丽使我陶醉感叹。

我几次看到四个（也许是三个？已经到了再不敢吹“记忆力”的年龄了）青年弹着吉他靠在河堤上唱歌。我觉得惊讶、羡慕、疑惑，甚至有点紧张。怎么能这样大模大样地在街头弹那个资产阶级——至少不是无产阶级——的乐器呢？自己玩就玩吧，何必跑到大街上呢？三四个人一起弹吉他，不是有点闲荡、有点不务正业吗？三四个人算不算聚众呢？惹得许多行人、骑自行车者停下来看，多出风头，多不好意思！许多人还吃不饱饭呢，他们却吃饱了撑的弹上吉他了。北京，北京，毕竟是北京啊！他们是不是有点可疑呢？需要不需要给他们一点劝告乃至监视呢？

我是带着一种陌生感、一种不安、一种窃窃的喜悦来看这四个人的。觉得看多了不太方便也不太礼貌，每次看上几眼便迈步走过去。却也想，“四人帮”毕竟是倒台了啊。

一晃，时已八年。弹吉他的年轻人，你们过得可好？

二

1948 年的北平，已经是风雨飘摇、土崩瓦解，一片将死未死的萧条景象。这时，在我居住的一条小胡同里，出现了一个挎着篮子卖杂货的老头儿（依我当时的年龄和眼光认为的老头儿，也许他不过才四十岁）。老头儿用洪亮而又甜美，应该说是软软的、嗲嗲的声音吆喝：“油炸花生米！老腌鸡子！”

除了炸花生米与煮好的咸鸡蛋，几乎没有别的商品。他见了谁都笑容可掬，见了小孩子马上用讲故事的声调说：“跟妈妈要点钱，买花生米吃！甭提多香了！”

果然有小孩子回家去又出来了，买了花生米。他给花生米应该说是相当“抠门儿”的，但态度实在和气。如果小孩子抱怨花生米给得少，他就会慈祥地说：“小少爷！您看我这花生米多干净！多油分！多个儿大！”确实，不论花生米还是鸡蛋，都干净极了。

一个月以后，老头儿从挎篮子变成了挑挑子，花生米从油炸发展到既有油炸又有水煮，鸡蛋从老腌发展到既有咸蛋又有茶蛋，还增加了瓜子、绿豆糕和炸油饼。

两个多月以后，他改成了推车，一辆崭新的售货车，以熟食为主，兼营白干酒。他仍然那样款款地、无腔无调却又多情地吆喝着：“花生米！老腌鸡子！白干酒！”

不像那些具有悠久的从业历史的小贩，那些人吆喝得出花儿来，称得上是婉转入云。他的吆喝只是大声说话罢了。他有很好的音量与音色，只是没有旋律，“无调性”。

然而他的“白干酒”三个字足以使每个酒徒泪下，传达出了生活的艰难、酒的苦辣温馨、小贩的效劳之情。

他越是笑得甜你就越觉得他走得辛苦、卖得辛苦。如果你在这样美丽的笑容与动情的吆喝声中扬长而过，无动于衷，那简直是铁石心肠，罪过！

待到解放前夕，他已经开起了一座两间门脸的小铺，俨然食品杂货店的掌柜了。

以后我就顾不上再想他再看他。50年代后期，我去这个小铺子买过一次东西。已经公私合营了，他穿着干部服，胖得出奇，没有吆喝，只有习惯性的微笑。

不久便听说他已病逝。

我始终觉得他的小小的发家史是一个难以思议的奇迹。

三

50年代，我有几次机会去山西太原。在规整美丽的海子边公园附近，我吃过几次刀削面。很大的一个饭馆，从来都坐得满满的。山西的刀削面是驰名的，但现在已经很难找到一个专卖面的馆子了，不知道是由于人们的口味与“消费档次”已经提高还是由于利润指标的提高，反正那个时候，海子边公园近旁的海子边饭馆里，坐着的都是吃三棱形劲道利落的刀削面的。

给人的印象比面条还深的是一位服务员。矮矮的个子，留着平头，椭圆形的头脸，一脸孩子气的笑容，只是眼角皱纹透露出他已经并不年轻。他一只手端三碗、两只手端着六大碗面，你没准儿觉得面的体积和重量已经超过了他本人。他是奔跑着来为顾客上面的，又奔跑着去算账。那时候都是先吃饭后交钱，不像现在的饭馆，不但要先开票付款，而且要为每一个瘪三样的塑料杯子交押金。人心何其不古了啊！

同店还有几个女服务员，但大家都喜欢招呼这位小个子。可能是因为他的笑容，因为他跑得快、账也算得快，一口清，声音洪亮。你一眼望去就可以认定他十分喜爱自己的工作。他是一个快乐的，甚至有几分得意的服务员，于是大家都叫他。他从这桌跑到那桌，从店堂跑到后厨，再从后厨跑到店堂。他满场飞，他满场飞跑着端面、拾掇餐具、擦桌子、摆碗筷、算钱、收钱、找钱，像一阵风，像是在跳舞，像在舞台上表演。所有的顾客都把目光投向他，欣赏着他的精力、热情与效率，满意地发出会心的微笑。

工作，本来是可以这样的啊！

几十年过去了，再没有碰到过第二个这样工作的服务员。海子边饭馆和全国各地的各个饭馆一样，面貌一新。而我，对碰到这样的服务员却似乎愈来愈没有信心了。

四

目光，世界上没有比目光更有力量而又更费解的了。

在欢呼雀跃的场面里我看到呆木茫然的目光。在庄重深沉的嗓音后面我看到过傲慢而又闪烁的目光。当然也有谦卑后面的坚毅的目光，玩笑后面的大有深意的目光。

目光比人还难作假。

今年4月份访问日本的时候，参加了一次在京都举行的招待会。招待会由著名作家、日中文化交流协会的常务理事司马辽太郎主持。会上有一位身材苗条的老太太来见我，她长着一头黑发——也许是染过的。她和我握手，笑着，注视着我说："战争时候，我在华北。"她的汉语说得很慢。"华北"两个字说得非常沉重。我马上想起了我的在日本侵略军占领下的童年经历，想起"华北"在日本侵华史上的特有的含义。老太太继续笑着，说不清是苦笑还是喜笑。而她的眼睛那样深深地、深深地注视着我。惭愧，痛苦，留恋，感慨，友好，认错……我说不清，而她的"华北"两个字一下子复活了我的多少尘封已久的记忆！谁知道那一刻我的目光又有多少变化和流露呢？

我永远忘不了这位纤瘦的老人的目光。我甚至觉得，大老远地来一趟日本，我就是为了看看这百感交集、感从中来的目光。

1987年

诸神下界

十几岁那年，我们终于有了自己的一个小院落。搬进去不久，就要过年了。

尽管在战争之中，由于有了属于自己的一块小天地，这个年还是过得分外有滋味。厨房里传出了炖猪肉的醉人的香气——那时候炖一次肉也算是重大事件了。院子里撒满了芝麻秸，人走在上面会发出啪啪的响声——叫作踩碎（岁）。为了包饺子而剁馅儿的声音惊心动魄，据说这叫“剁小人”——把寡廉鲜耻的宵小之徒剁在刀下，也算过瘾，更是不无幽默。而最隆重的是，外祖母把祖先的神主牌位擦拭摆好，除夕晚上，诸神（包括祖先们）会下界，会听到我们的诉说，会感知我们的心事，会体恤我们的痛苦。

我本来是一个体弱、嗜睡的孩子，但是这一个除夕为了迎接诸神的下界，我还是硬挺到了午夜。

午夜 12 点的钟声响了，我的心情激动起来，跑到院子里。我抬起头，冷风吹得脸生疼，但是我很兴奋。我看到了小小的高高的天空，看到了瑟瑟发抖的星星，连同老槐树的落尽树叶的枝条，也似乎做着神秘的暗示。

看啊，诸神下界了！恰恰就在这个时辰，天上有影影绰绰的众神飞翔。我听到了神癯的庄严的声音，那声音恰似对于一切亡灵的超度，不过更加低沉了，我猜想是世人的罪孽引起了众神的气愤。我更感到了一种悲怜，一种无可奈何、一种抚慰、一种永远的希望。面对下界的满目疮痍，神又能如何呢？

我知道了。我严肃了。我似乎已经与下界的诸神对过话了。

许多年过去了，我再也没有少年时候这种迎接诸神下界的经验了。忙忙就是茫茫，众神又在何处？在转眼就是花甲的年纪，在客居台北数日的间隙，面对着薄薄的日历，我想起这一段心事来。吃饺子，放爆竹，亲友相访，恭喜发财。但最重要的，超过这一切的，还是大年三十午夜面对诸神下界的那种敬畏，那种坦然，那种对自己和对这个世界的无奈而又有望的热爱。

1994 年的除夕之夜呀，诸神还会来到我的心里吗？

1994 年 2 月

中餐的命运

海外的中餐也都有可吃之处。1980 年 6 月，我首次出访国外，在汉堡吃过一家扬州馆子，颇觉精彩，当然这也与那时国内实在膳食水平欠佳有关。饥饿者容易满足。

同年去美国衣阿华[1]，那里唯一，不，唯二的中餐馆，一个叫作燕京餐厅，一个叫作筷子楼。燕京的菜不像西餐，但是我又老是觉得不像中餐，例如它的许多菜都做成一种酸不酸甜不甜的味道，比如它的牛肉里加那么多番茄酱，搞得那么红而其他调料又是那样少，许多肉菜的块都切得那么大，实在看不出刀功来……

我与他们的来自韩国的华人裴老板交谈，他解释说，美国人喜欢的就是这种口味呀，不能照搬国内的菜系呀，你做得太标准了，人家就不来了呀云云。至于筷子楼的餐饮，那就离中餐更远。后来走的地方多了，便懂得了国外的所谓中餐，一种是基本正宗的中餐，例如在洛杉矶有一个号称“小台北”的区域，那儿的饭馆可真地道。

[1] 即艾奥瓦市（Iowa city）。——编者注

一种是基本上已经欧化了的，从饭馆设备到服务方式到菜肴口味，在中餐的基础上全盘西化，全盘西化以后已经数典忘祖，而变成一种西式中餐。当然也还有处于中间状态的，与中餐又像又不像。例如中餐炒菜佐料之复杂与千变万化是其一个显著的特点。但是在这一类中餐馆中，只具有屈指可数的几种“溂子”（sauce？），点菜的时候一不小心，就撞了车——几样菜虽然名目不同，但色泽与口味非常一致，就因为它们的溂子完全相同。

我本来是很喜欢吃西餐的，它的热菜的干净、烂熟、甜香、齐整、营养，都很可爱。在国外住久了仍然想吃中餐解馋——因为对于我们来说，中餐更刺激一些，有味道一些，也因为相对来说中餐要经济些。不知道这种中餐基因是遗传下来的还是从小童子功培育出来的。反正在胃口上全盘西化是一个假想的命题。乃至吃到这种西式中餐或半西式中餐就觉得很不过瘾，以致啧有烦言。但是外国人——更正确地说是人家本国的人——吃得很有兴味。

有什么办法呢，西式中餐或半西式中餐也是餐食的一种，也确实是脱胎于地道的中餐，是对中餐的修正歪曲也是对餐食的丰富。非驴非马的结果是世上增加了一种叫作骡子的牲畜，你承认不承认它，它还会存在、发展下去。

有一次与一个洋朋友谈起这个话题来。他说，我也正要问你，怎么北京、上海的西餐是那种味道？那实在不是地道的西餐呀！包括那些请了法国厨子的饭店——我们在那儿吃饭的时候法国大厨还戴着雪白的高顶帽子前来与我们见面，但是他们做出来的餐食可绝对与他们在巴黎做出来的不一样呀！

我听了，觉得释然，也觉得有趣。这也算是世界真奇妙吧。

第二辑

走过的每个日子都有余温

清明的心弦

我喜欢北方的初冬，我喜欢初冬到郊外、到公园去游玩。

地上的落叶还没有扫尽，枝上的树叶还没有落完，然而，大树已经摆脱了自己的沉重与快乐的负担。春天它急着发芽和生长，夏天它急着去获取太阳的能量，而秋天，累累的果实把枝头压弯。果实是大树的骄傲、大树的慰安，却又何尝没有把大树压得直不起腰来呢？

现在它宁静了，剩下的几片叶子什么时候落下，什么时候飞去，什么时候化泥，随它们去。也许，它们能在枝头度过整个的冬天，待到来年春季，归来的呢喃的燕子会衔了这经年的枯叶去做巢。而刚出蛋壳的小雏燕呢，它们不会理会枯叶的琐碎，它们只知道春天。

湖水或者池水或者河水，凌晨时分也许会结一层薄冰，薄冰上有腾腾的雾气，雾气倒显得暖烘烘的。然后，太阳出来了。有哪一个太阳比初冬的太阳更亲切、更妩媚、更体贴呢？雾气消散了，薄冰消融了，初冬的水面比秋水还要明澈淡远，不再有游艇扰乱这平静的水面了，也不再有那么多内行的与二把刀的贪婪的垂钓者。连鱼也变得温和秀气了，它们沉静地栖息在水的深处。

地阔天高。所有的庄稼地都腾出来了，大地吐出一口气，迎接自己的休整，迎接寒潮的删节。当然，还有瑟缩的冬麦，农民正在浇过冬的冻水，水与铁锨戏弄着太阳。场上的粮食油料早已拉运完毕，稀稀拉拉的几个人在整理谷草。在初冬，农民也变得从容。什么适时播种呀，龙口夺粮呀，颗粒归仓呀，那属于昨天，也属于明天。今天呢，只见个个笑脸，户户柴烟，炕头已经烧热，穿开裆裤的小孩子却宁愿待在家门外边。

这时候到郊外、到公园、到田野去吧，游人与过客已经不那么拥挤。大地、花木、池塘和亭台也显得悠闲，它们已经没有义务为游人竭尽全力地显示它们的千姿百态。当它们完全放松了以后，也许会更朴素动人，而这时候的造访者才是真正的知音。连冷食店里的啤酒与雪糕也不再被人排队争购，结束了它们的大红大紫的俗气，庄重安然。

到郊外、到公园、到田野去吧，野鸽子在天空飞旋，野兔在草棵里奔跑。和它们一起告别盛夏和金秋，告别那喧闹的温暖；和它们一起迎接漫天晶莹的白雪，迎接盏盏冰灯，迎接房间里的跳动的炉火和火边的沉思絮语，迎接新年，迎接新的宏图大略，迎接古老的农历的年。二踢脚冲上青天，还有一种花炮叫作滴溜，点起来它就在地上滴溜滴溜地转。

初冬，拨响了那甜蜜而又清明的弦，我真喜欢。

1983 年 11 月 26 日

盛 夏

是不是夏天被钉子钉住了？

每天都是二十四至三十二摄氏度。不算太热，热得并不极端，但是没有喘息，没有变化，没有哪怕是短暂的缓解。不论翻多少次报纸，拨多少次 121 气象预报台，看多少次屏幕上的卫星云图，都是一个公式：二十四至三十二摄氏度。

而且潮湿得不得了，闷得叫人喘不上气。被褥衣服都发出霉味，木质门窗关不上了。湿疹、脚癣都乘机肆虐，猫也长开了猫癣。坐在那里，一层油汗敷满了全身。不是早就立秋了吗？不是三伏都快完了吗？不是学校都快开学了吗？

在湿热天气中，脑子开始发木。一个熟朋友家的电话号码，硬是想不起来了。刚读完的一本杂志，两分钟后就找不到了。约好了去看访一个病人，居然错过了探视时间。

而居然有了转机：天气预报，今晚有阵雨，转中到大雨。太好了，太好了，下场痛痛快快的大雨吧！虽然气温依旧，大雨下过后就将一切不同了吧？

便早早地收拾了晾在阳台上的难得一干的衣服。便把户外的东西一件件往室内搬。便抬头看西北方，有云吗？快来了吧？

等了一个夜晚，又一个白天。等到第二天晚上听完李瑞英同志与张宏民同志报告完的新闻，又从天气预报图板上看到了同样的预告：今晚夜间，阵雨转中到大雨……

10 点钟的时候果然来了一阵雨，轻描淡写，点点滴滴，来得麻利，去得轻巧。来得无声无响，不刮风，不打雷，不闪电，去得无痕无迹，几滴水早被干渴的地面吸收尽净。这样的阵雨好洒脱哟，它似乎代表着一种飘逸、自由、灵巧的风格，它简直是一个梦。这样的阵雨好不负责任哟，它干脆只是走一走过场，它像一个骗局。

此夜星光灿烂，莫非预报了又预报，等待了又等待的中雨大雨又“黄”了？

便无奈地躺在床上，体味汗的流渗，体味汗与被褥特别是与枕头结合起来的陈年芳馨，体味把所有的电话号码都忘记了的大脑的废置。能梦见小溪里蹦跳的鳟鱼吗？

嗒。

嗒嗒。

嗒——嗒——嗒。

什么？有一本书落到地上了吗？

是雨！是雨点声清晰可辨的雨，睁开眼睛看到了模糊的电光，有雷自远方滚滚而来。

猫儿发出了怪声，急促地召回它的孩子们，避雨。

嗒嗒嗒嗒嗒……听声音就是大雨点。雨点愈来愈密，雨点愈来愈混成一片一团，而且声音变得响亮和尖利起来，莫非雨声中有人吹响了哨子？莫非雨中青蛙叫了起来？

突然一道青绿色的强光，一声炸雷震响在屋顶上，大雨像敲击重物一样砸在地上，没有节奏，没有间歇，没有轻重缓急，只有夹带着哗啦哗啦的乒乓叮咚。又是强光，又是暴雷，又是砸着重物的大雨，豪雨。好像开始了阵前的冲锋。

睡意全无了，只觉得高兴，觉得有趣，觉着老天爷还是有两下子。便光着脊梁去淋雨，去检查地沟眼是否畅通，去检查各房间是否漏雨。眼前雨水暴涨，大声喊叫着以压过雨的喧嚣。便忽然想起洪水的可怕，天灾的试炼，灾民的痛苦，赈灾的必要。如果这样下下去，大水不也要进房间了吗？但仍庆幸这场雨终于下来了。

大雨终于停了，夜终于过去了。问一下 121 气象台，仍然是二十四至三十二摄氏度。

1992 年

雨

我喜欢雨，从小。

我不知道我为什么喜欢雨。因为它迷蒙而含蓄，因为它充满生机，因为它总是快快活活，因为只有它才连接着无边的天和无边的地！

“细雨鱼儿出，微风燕子斜”，“随风潜入夜，润物细无声”，春天的小雨便是大自然的温柔与谦逊，大自然的慷慨与恩宠，却也是大自然的顽皮。它存在着，它抚摸着，它滋润着，却不留下痕迹。用眼睛是很难找到它的，要用手心，用脸颊，用你的等待着春的滋润的心。

也有“凄风苦雨”“秋风秋雨愁煞人”“梧桐更兼细雨，到黄昏，点点滴滴”。其实那倒不一定是“一场秋雨一场寒”的秋天。即使这样的天气也给繁忙的人们带来休息，带来希望，带来遐思。

正因为有雨中的忧伤的甜蜜，人们才伸出双臂歌唱雨后初阳的万道金光。于是有了拿波里的名歌《我的太阳》。

而暴雨和雷雨又是多么欢实，它们驱走暑热，它们解除干渴，它们弥合龟裂，它们叮叮咚咚地敲响沉闷的大地，它们咋咋呼呼地嬉闹着对人们说：“别怕，我们折腾一会儿就走。”

小时候，我最喜欢北京城夏日的大雨。雨中，积水上冒出一个又一个的半圆形的小泡儿。

“似水晶，非琉璃，又非玻璃，霎时间了无形迹。”我的姨妈教过我这样的谜语。

为什么这几年在北京很少见到大雨冒泡儿了呢？是气候变了吗？是我事太多、心太杂，对似水晶又非玻璃的泡儿视而不见，这泡儿已经唤不起我童年的那种好奇和沉醉了吗？哦！

1958 年的特别炎热的夏天，我下乡以前暂在景山公园少年宫劳动，盖房当小工，每天担四十多斤一块的大城砖，很累。一天早上刚开工便赶上了天昏地暗的大雨，“头儿”只好宣布放假。我落汤鸡似的回到家，换了一身衣服，打起雨伞，和同样处于逆境的爱人到新街口电影院看电影《骑车人之死》去了。电影看完了，大雨威势未减。这是 1958 年，也许是 50 年代的最后几年我们度过的最快乐的一天，而这一天，是雨赐给我们的。

冒雨出游，这才有特色，这才有豪兴，这才有对于生活、对于世界的热情。这热情是什么也挡不住也抹不掉的。

所以，当 1982 年 6 月初我和几个中国同志一起访问美国的东北海岸而赶上了整整一个星期的阴雨的时候，当不论是主人还是其他客人都抱怨这不凑趣的天气的时候，我却说，我喜欢雨，雨使世界更丰富了。在维尼亚尔（意即野葡萄园）岛上驱车行路的时候，我甚至把汽车窗打开——让溅起的雨珠雨花吹到我的脸上、头发上、脖子上和衣服上吧，这该是大西洋上的天空——与我们古老的神州大地上的是同一个天空——飘洒下来的美丽、友好、清凉却也有些阴沉的信息。雨中的大西洋，似乎泛着更多的灰白相间的浪花。天、海洋、小岛、大陆、漂亮的花花绿绿的别墅房屋、泊港的船只、行驶着的和停下来的汽车，都笼罩在那温柔迷蒙的雨中的烟雾里。

这样的雨就像夜，就像月光，使世界变得温柔，使差异缩小，使你去寻求一种新的适应，新的安慰。

就是让雨淋个透也未尝不是人间快事。在新疆的草原上，我曾经骑着马遭遇过一次短暂的却是声势浩大的雹雨，前不着村，后不着店，上天无路，入地无门，连一株可以略略遮雨的小树也没有。没法子，除了百分之百不打折扣地接受大自然的洗礼之外，没有别的路。当理解了这种处境以后，我便获得了自由，我欣然地、狂喜地在大雹雨中策马疾驰。

这种经验我写在小说《杂色》里边了，但我觉得没有写好。如果有机会，不，不管有没有机会，将来我一定要再写一次草原上的夹着雹子的暴雨。

这豪兴也要有一个条件，就是在前方不远，有哈萨克牧民的温暖的帐篷。兄弟般的哈萨克人会亲切地接待你，会给你一碗滚热的奶茶，会生起他们的四季不熄的火炉，烤干你的被雨打湿了的衣裳。

我们常常说“风吹雨打”，毛主席说要“经风雨、见世面”，我们还说什么经历了“风风雨雨”。这不但让人骄傲，也让人欢喜，不但让人刚强，也让人快活，像我那次在新疆的草原上那样。

而我现在正航行在从武汉到重庆的长江航道上，又赶上了雨。雨对我有情，我对雨有意。

在避风的那一面的甲板上，你看不到也摸不着雨。在船头，雨丝向你迎面喷来，在迎风的那一面，雨丝拉曳成了长线。

江上的雨和人似乎更加亲近。坐船的人都爱水，靠水，感谢水。而正是雨供给着江水，江水升腾着雨。当轮船疾驶的时候，浪花飞溅到甲板上，那不就是雨吗？

天色虽然阴霾，两岸的垂柳和庄稼却被雨洗得更加碧绿。没有打伞，也没有穿雨衣，最多戴一个草帽的岸上的女人们的服装在雨中显得分外艳丽。连岸上的黄土和石头也在雨水中映着洁净的、本色的光。

“晴川历历汉阳树”，当然。但是你知道吗，阴川和雨川，也使我们的河岸、我们的人和树历历如画。

雨是我对生活和土地的无尽的情丝，情思。

1984 年 6 月

湖

我喜爱湖。湖是大地的眼睛。湖是一种流动的深情。湖是生活中没有被剥夺的一点奇妙。早在幼年时候，一见到北海公园的太液池，我就眼睛一亮。在贫穷和危险的旧社会，太液池是一个意外的惊喜，是一个奇异的温柔，是一种孩提时的敞露与清澈。

我常常认为，大地与人之间有一种奇妙的契合。山是沉重的责任与名节的矜持。海是渺茫的遐思与变易的丰富。沙漠是希望与失望交织的庄严的等待。河流是一种寻求，一种机智，一种被辖制的自由……

那时候我没有见过海，颐和园的昆明湖对于我来说已经是浩浩然荡荡然的大水了。我每去一次颐和园，都要欣赏昆明湖的碧波，惊叹于湖水的美丽与自身的渺小。

是的，湖是一种美丽，是一种情意。为了陆地不那么干枯，为了人的生活不那么疲劳，为了把凶恶的海控制起来把生硬的地面活泼起来，为了你的眼睛与天上的月亮——你不觉得看到地面上的一个湖泊就像看到天上的一个月亮一样令人欣喜吗？为了短暂的焦渴的生命中不能或缺的滋润，于是有了湖。

北京的西山风景区是很美的，但是太缺少湖水了。这样，对香山静宜园“双清”的池水，对小小的儿童乐园式的眼镜湖，我自然是情有独钟。一见到这样的水波荡漾，脸上不由得出现衷心的笑容。

后来到了新疆，那就开了眼啦。在乌鲁木齐与伊犁之间的天山深处，著名的高山湖泊赛里木湖曾经怎么样地令人眼界开阔呀！湖水是咸的，一望无际，湛蓝如玉。盘山公路傍湖而过，无数拉运木材、粮食、水泥、钢筋、百货的重型卡车从湖边走过。四周是长满枞树的高处终年积雪的山坡。时而有强劲的风自由地吹过。我在这里，感觉到一种庄严，一种粗犷，一种阔大。我不能不庆幸我终于离开了大城市，离开了那一个区一个胡同一处房子。我面对着的是一个严峻的、带几分神秘和野性的世界。这个世界里有一个巨大而晶莹的咸湖，它冷静而又尊严，凛然而又高耸地存在着。你觉得你其实只能向往它却很难有机会去亲近它。

在天山南麓的焉耆与库尔勒之间，有一个大湖——博斯腾湖，浩渺无际，芦苇丛生，坐着汽艇穿来穿去也见不到岸。据说有一个外国的总理看展览的时候看到博斯腾湖的照片甚感惊异，他说：“新疆不是不靠海吗？”博斯腾湖宛如内陆的海，那是远古时代的海的遗留，那是对于远离大海的新疆的特殊的慰安。

在阿尔卑斯山的脚下，在芝加哥的北边，在布加勒斯特的市区，在高原墨西哥城近郊，我造访过许多湖泊。我流连忘返，我抱怨自己只能匆匆邂逅，匆匆离去，我太对不起上苍的得意创造与生活给予我的机缘。

而珠海斗门的白藤湖呢？它是1993年6月走入我的记忆的。这是又一种心绪，又一番风趣。它是那样亲切随意，那样为人所有为人所用。它是一种景观更是一种资源，它是一种大自然的慷慨，也是特有的风水——它象征着斗门人的、白藤湖人的无限发达的可能。度假村的修建已经开辟了新的历史。白藤湖是更加人化的湖，人化的自然。1993 年我有幸在这里居住了若干天。居住在白藤湖，我觉得舒适而又平安。我觉得发展其实并不难，生活其实也不是那么难。只要好好地做，只要不把力量放在破坏上。只要我们变得更近人情一些，更简单一些。只要我们多一点美好的祝愿，少一点恶狠狠的狼眼。

1994 年 4 月

船

我崇拜一切交通工具，崇拜一切自己能动而且能负载着人运动的东西。

直到1958年，在我“出了事情”以后，在我已经发表过几个短篇并完成了一个长篇以后，在我已经早就是共青团的干部并有十年以上的革命“经验”以后，我曾经梦想从此改行到火车上做列车员。

我觉得列车员的工作是神奇的工作。他总是不停，他半夜也在奔跑。每一个车站都和前一个车站不一样，而更新的车站，更新颖的城市和乡村在前面等着他。当睡眼惺忪的旅客摇来晃去的时候，当我国的绝大多数城乡居民酣睡沉沉的时候，当检车工用大小榔头敲了一遍车轮和车轴以后，他——列车员，是清醒的列车的守卫者，他在暗夜中观察着山峦、河谷、道路、桥梁，观察着头顶上的星。一颗星离他越来越远了，另一颗星却正向他眨眼，迎接他的靠拢。

最主要的是他拥有比你我大几倍、几十倍、几百几千倍的空间和距离，也就有那么多倍的生活。不是至今仍然有人一辈子不出自己的村，一辈子不肯、不敢、死乞白赖地不离开自己待着的那个城市市区吗？对于别人是远在天边的、不可思议的、令人发怵或是吃惊的那些地名，对于列车员来说，不就像是他家的房前屋后吗？

至于船，截止到80年代，真正的船还只出现在我的梦里、爱唱的歌曲里，儿时的稚气的画里。

从前当我少年时，
鬓发未白气力壮，
朝思暮想去航海，
越过重洋漂大海，
但海风使我忧，
波浪使我愁。
啊……
我多恼故乡其水流溅溅。

我不知道这是一首谁作曲、谁作词、谁翻译的歌。这歌词显然翻译得古老而且生硬，但这首歌曾经使我多么感动啊。

解放初期我看过一部描写知识分子思想改造的长篇小说《动荡的十年》，小说结尾是改造了十年的主人公在听到这首歌的时候又蓦然心动了……这证明，他需要改造的东西还多着呢。

多有趣，这证明，这首歌确是有力量的呢。

上小学的时候，有一次劳作课的作业是叠一只纸船，我叠了又叠，越想叠好就越叠不好。那船就像江南的小木船，两边各有一个篷子，为了遮雨。不知是不是鲁迅先生描写过的乌篷船。我终于没有完成我的纸船，我急出了眼泪，眼巴巴看着同学们一个个以自制的船只乘风破浪地出航，而我却造不出一只船来。

仿佛后来有一位长辈送给过我一艘高级的玩具船。船身是金属做的，漆着彩漆，用火柴把船的“发动机”点着，船就能够航行啦。

我端来一大瓦盆水，我的兴奋的心情如哥伦布将要驶往新大陆或麦哲伦将要开航绕地球一周。“发动机”终于点着了，突突突的响声持续了五秒钟，船“航行”了五厘米，噗地一响，机器坏了，从此，它便成了一艘失去了动力、不能动、连打转也不能的死船。哥伦布与麦哲伦的伟大的梦破灭了。

后来船就不见了，锈了？坏了？扔了？丢了？我记不清。

终于，我也记不清究竟这儿时的伟大航行的悲哀的故事是实有其事，还是出自自己的虚构了。写小说的人也是有报应，老是虚构一个一个的故事去赚取（就不说是“骗取”了吧）读者的眼泪与笑容，最后，说不定糊里糊涂地自己虚构起自己的事来了。

到新中国成立以后，到我“出事情”以前，我的船是北海与什刹海的小游艇。我和我所“领导”的共青团团员们常常在那里过团日，划船。我觉得我划船的技术很不错，可以转硬弯，可以两手同时划，两手交错划，可以两只桨划一个方向，也可以划相反方向。

去过南方的同志讥笑北海的游船是“瓜皮小艇”，我听了很不服气。瓜皮小艇又怎么样呢，我们想着全中国，想着世界革命。

我的歌声飞过海洋，
爱人啊你别悲伤，
国家派我们到大海上，
要掀起惊天风浪。

这是一首苏联歌，共青团团员们爱唱的。我们不再唱“海风使我忧，波浪使我愁”了，我们是将要掀起惊天巨浪的一代。

后来瓜皮小艇翻了船，果然只不过是瓜皮小艇。后来我来到了瀚海。“沙漠之船”的称号也是有的，那是指骆驼。新中国的瀚海里不仅有骆驼，也有牛车、马车、火车、汽车。不仅火车是可以连夜移动的，在新疆，汽车也有时连夜开，开到午夜 2 点半钟，司机累极了，便跳下汽车，躺在沙石戈壁上，摊开四肢，睡到天发亮，再开。当然，那是夏天。我乘过这样的车，如船在瀚海上漂游。

直到 80 年代，我才和海上的、河上的，也包括陆上的（车）和天上的（飞机）船们结下了不解之缘。那时候，我们中华人民共和国这条大船，已经行驶在新的广阔得多也平稳坦荡得多的航道上了。

最难忘的是南海之旅，救生艇、运输艇、炮艇、猎潜艇和鱼雷快艇，我们和海军同志一起站立在指挥台上，高唱着刘邦的《大风歌》，劈开紫缎一样闪闪发光的南海海面，在海鸥和飞鱼的包围之中，在迎风招展的八一军旗的感召之下，环绕着南海与西沙诸岛，进行了一次又一次的航行。晕船要什么紧？呕吐要什么紧？大风大浪四十五度摇荡要什么紧？那才是爱国男儿的滚烫的生命之船，热血之船，乘风破浪的必胜之船。人站在这样的船上，全中国装在这样的船上的人的心里。

晚一点了吗？在我将近五十岁的时候，我开始懂得了不像梦幻中的船那样脆弱、不像公园里的船那样旖旎和小巧、不像沙漠里的船那样拙笨和缓慢的另外一种船，巨大、坚强、英勇、踏长风、奔大海，勇敢而又沉着地前进。

而今天，是在长江的航船上。雨后初晴，春意如酒，桃红柳绿，阡陌纵横，鸥鸟飞翔，清风振荡。船上平稳、舒适、安详，这是一首成熟了的江轮进行曲。老船工告诉我，他在江轮上做工已经四十五年。

但发动机是不敢懈怠的，发动机一刻不停地、激动地、细听起来有时甚至是愤怒地工作着，掌船的人又是那么谨慎而老练，他们带动着全船向前。

1984 年 6 月

榴　莲[1]

早在 1987 年访问泰国的时候，就听人说起过榴莲。“你吃过榴莲吗？”熟悉南国的友人问。留连？多么好听的名字，没有任何别的水果有这样美妙的发音。梨，叫人想到离别；枣儿，特土；瓜，傻乎乎的；桃儿，又太小儿科。“不是那个留连，而是石榴的榴，莲花的莲。”友人说。那就更妙了。我想：石榴和莲花，都是最美观、最赏心悦目的，不但看起来悦目，听起来也十分悦耳，既有榴莲的直观的鲜丽，又有留连的深情，还未相逢，我已经爱上了它。

“榴莲很臭，许多人不吃它。”“榴莲很香，没吃过它的是很遗憾的。”“榴莲嘛，反正吃那么一次也就行了。”不同的说法，使它变得与众不同，使它变成了大自然的一件有争议的创造。而不论是去泰国还是去海南岛，我都没有赶上吃榴莲的季节，真不巧，没有那个缘分，好奇心也就渐渐地淡漠了。

而 1991 年的新加坡之旅使我对于榴莲的兴趣又热了起来。特别

[1] 现写作“榴梿”。本书保留原作写法。——编者注

是同行的女作家黄蓓佳更是念念不忘念念有词地说是要吃榴莲，似乎不吃榴莲就白去了新加坡，白参加了新加坡新闻艺术部主办的世界作家周。我一面对她的追求新鲜经验的热情唱赞歌，一面绅士风度地默不作声。谁知道是不是吃榴莲的时令呢？

1991 年 9 月 7 日下午，我们正睡着出国访问期间难得一睡的午觉，电话铃响，新加坡作家、新加坡国立大学教授王润华博士开车拉着榴莲来了。按照当地规定，榴莲是不可以拿进嘉宾楼吃的。我们从凉爽的室内来到炎热的嘉宾楼门口，未吃榴莲大家先笑成一片。别人怎么想的我不知道，反正我是调动了应有的肾上腺激素，准备用意志的力量克服榴莲的据说有的恶臭。及至放到口中，实在是没有那么稀奇。其实，所有南国热带的水果，都是有这种似臭实香的芬芳的，香蕉如此，凤梨如此，珍贵的杧果也是如此。榴莲的气味不过更浓缩一些罢了。为什么要把它搞得这样“臭名远扬”呢？

榴莲的躯壳坚硬多刺，榴莲的果肉分室而居，榴莲的品质润白细腻，食之如脂如玉。马来西亚著名诗人，亦是此次得以结识的新朋友、美髯公吴岸有诗赋榴莲曰：

在洁白的子宫里
孕育着稀世的醇膏
披着盔甲
戴上自由女神的桂冠
伴着八月骤雨的前奏
悠然降临人间

他写得很传神。榴莲确实与众不同，大香若臭、甚细若粗、美极而丑、贵极而贱，享盛名而排斥于堂室之外，牵梦魂而难登大雅之乡，未睹而惧，即见而惊，食之而喜，谈之而笑，别后念念，未知就里。是真的喜欢它了吗？还是为它的命运所吸引？是同情、是羡慕、是嗟叹还是不平呢？慕其名，究竟算不算它的知音呢？世界上已经有了那么多万紫千红的水果，又何必再来一个叫人议论、叫人为难的榴莲呢？难道还嫌我们的口味我们的诸种说法太简单吗？

反正我已经去过了靠近赤道的新加坡，反正我已经吃过了榴莲，反正这已经是一篇小文章的题材啦。写了文章也罢，榴莲对于我们而言仍然是陌生的。

1991 年 11 月 5 日

海的颜色

海是什么颜色的？

提出这个问题，估计多数人回答：蓝的。

什么蓝？怎样的蓝？一定是蓝色吗？

例如在渤海湾，我就没有获得过蓝海的感受。不论在大连、秦皇岛（北戴河）还是烟台，我看到的海基本上是草绿色的。阴雨天，海是灰蒙蒙的，这时天与海的色彩最为接近，相互“认同”，难分难解。浅海处常见黄褐色，可能是那里的沙滩是金黄色的缘故，浅海处因为涨潮退潮，因为风浪，因为游泳的人的折腾，把沙翻上来，便黄了，而遇到大风浪，便成了红褐色。风浪特别大的时候，表面是白色的浪花——泡沫，往下是红褐色的海，好像是——用我的语言——麦乳精刚被沸水冲过。

渤海的颜色令人觉得温暖、亲切、随和，叫作“好说好说”。

1982 年年底到 1983 年年初我去南海，去西沙群岛，那里的海完全不同，那是深深的湛蓝色，阳光下映出一片金紫的光辉。阳光一接触到这样的海面便化作飞舞的金星，辉煌耀眼。飞鱼在海面上飞行。军舰在海面上行驶。浪花庄严无声。海的颜色神秘、深邃、伟大而又寂静。人们说这种颜色是由于海非常深。确实令人觉得非常深，不可见底。这深深的蓝色令人肃然起敬。

我觉得这才是真正的原貌的海。

1987年我去意大利西西里岛的首府巴勒莫，在那里的蒙德罗区，我有机会几次下海游水。海滩的沙子全是白色的（是珊瑚沙吗？我国南海诸岛的沙子是白色珊瑚沙）。海水则是纯净的天蓝，晶莹的、明亮的、无瑕的、欲滴的；我要说是少年人的天蓝如玉，令人爱不释手，令人不忍前去劈水前游，令人欢海而醉、流连难舍。在这样的水里游泳的时候,可以隔着海水看到海底白沙的一切形状和纹路，似乎比不隔水（即通过空气）还看得清楚。只是游到深处的时候，往下一看，一片漆黑，漆黑中似有几根乱草在水中浮动，不由得汗毛倒竖起了几根。

1989年春季去法国，参加那一年戛纳电影节的开幕式，顺便看了看摩纳哥这个小国的风光。那儿的海也是天蓝的，但似乎比西西里岛附近的策勒尼安海颜色深一些。

不管海是什么颜色，用手掬起，却都无色透明玲珑剔透，似乎这个海那个海以至与湖泊与江河并无区别。都是水，都是 H_2O 嘛。溶化了的盐也是没有颜色的。浪花又都那么白，白得叫人心碎。

1991年3月1日

往日情歌

今年 2 月 14 日，是上元佳节，又是西俗所说的情人节。这天晚上，在北京音乐厅，由中央歌剧院演出《世界名歌 200 首》里的爱情歌曲。遥想 60 年代，那本书里的歌曲风靡一代人，我们这种年龄的人去听这些歌儿，便具有一种怀旧的意味。

一上来真是感慨良多。朴挚而又亲切的《红河村》，光明而又热烈的《喀秋莎》，激越而又辉煌的《我的太阳》，天真而又多情的《山楂树》，沉醉而又亮丽的《乘着歌声的翅膀》，还有火辣辣的卡门的《爱情之歌》与依依难舍的《西波涅》……所有这些往日深深被我们喜爱的歌曲重新响彻大厅。不但亲切得如同接待了阔别多年的老友，而且愉快得如同回到了青年时代，我们还活着！我们的青春还活着！

原来世上有那么多美好的歌曲，原来生活是那样美好！麻烦的、多变与多难的生活啊，为什么我这些年没有像过去那样用最快乐最温馨最美丽的心情去感受你！我对不起你！我是能够歌唱你的呀！不论有过多少曲折和试炼，我们是永远的朋友！我从没有怀疑过生活的幸福！

我陶醉了。甚至于我感到了类似忏悔的情绪。

听多了以后又想，其实不可能永远这样爱情、鲜花、太阳和光明。虽然爱情、鲜花、太阳和光明是太好了，我们是太需要它了，我们也太有义务为人们提供爱情、鲜花、太阳和光明了。但是，如果只听这样的歌，也就和只吃糖球只吃冰激凌一样，我们的口味永远停留在九岁或者十一岁的时候，这怎么可能呢？这不是也会使人营养不良吗？

生活是波澜壮阔的。惊涛骇浪，九曲连环，沉渣泛起，大江东去，有时候一泻千里，有时候辗转盘旋，有时候卷起千堆雪，有时候一平如镜……这才是生活！酸甜苦咸辣，这才是五味俱全的人生。生活不仅是纯洁温柔的往日情歌，生活更是千姿百态的未完成的交响乐。

勿忘往日情歌，正谱崭新乐章。人的心情常常是自相矛盾的，却又是相辅相成的。

感谢北京音乐厅的经理钱程，他是我们的老同学的儿子，他给我们提供了票子。新的一代又一代人，一定会演奏出更新更好的交响乐。

1995 年 2 月

四月的泥泞

初到新疆生活的人，面对化雪季节的新疆的泥泞，实感惊心动魄。

在乌鲁木齐和一些北疆城市，冬天的冰雪就够惊人的了。一层又一层的积雪，使公路变成了夹层冰道。汽车与自行车的车轮在冰道上刻印下了千道万道冰的辙沟，辙沟重叠、并排平行或者纵横交错。它似乎有一种象征的意味，人生的道路就是这样错综繁复而又难离旧道。歧路不仅亡羊，歧路亦常翻车。骑自行车最要紧的是不要使前轮陷入车辙沟，那种“重蹈旧辙”的结果一定是车把的“僵化”与自行车的翻倒。也有时候天可怜见，硬邦邦、歪歪斜斜的车打着滑冲出了小沟，像表演“醉车”——醉汉骑车——的特技一般，我们又可以骑车冰上行了。比起辙沟来，冰面的光滑反倒成了第二位的威胁了。滑就滑，倒就倒吧，车照骑不误，虽然时而有某某人摔成了粉碎性骨折的消息。等到真粉碎了，也就不怕冰路了。

终于3月到了。3月下旬便开始化冻。天！大街小巷都变成了泥塘。穿上套鞋似还不够，在伊犁，必须穿上高靿胶靴。到了4月，泥泞更加透彻，虽然穿上了高靿胶靴，裤子上仍然会沾上泥巴。特别是一旦汽车驶过，泥点会溅到脸上、头发上、身上。你咒骂司机，司机又咒骂谁去呢？走在泥泞里，胶靴发出的不是噗噗的泥声，而是从泥里抽出靴子时造成瞬间的真空、空气与泥形成的气泡破裂，然后稀泥又填补了真空所发出的呱呱呱的声音，像是江南夏日的蛤蟆叫。

泥泞中，土路上被马车和汽车轧出的辙印则更深重巨大，它不再是冰雪上的小沟小路，而是——简直是一条又一条的河道、河床！谁能想象，在这样的路上还能开汽车、赶马车、走行人乃至骑自行车呢！有时在将干未干的这样的河道里骑自行车，脚蹬子蹬到了已干的“河岸”上，蹭起了尘土，磨坏了鞋底子……

在乌鲁木齐的一些巷子里，也有这样的泥泞河道奇观。所以70年代初期，乌鲁木齐提出“出大力流大汗，定叫马路见青天”的口号，清除淤泥，露出巷子里的柏油路面。那时，我简直不相信自己的眼睛。我从来没有想到这厚实的泥泞下面，竟沉睡着沥青路面！我从没想过，这些巷子竟修过柏油路。“这是怎么回事？”我迷惑了。“有拆修房屋的，把老房土老墙土倾倒在路上，这样，就把路面盖上了。”“老新疆”如是回答。是吗？我仍然觉得难以置信。有了好路却又莫名其妙地把它掩盖起来，那怎么可能呢？

见到那些北京上海的大城市的养尊处优的青年的时候，我禁不住想：让他们去新疆见识见识吧，哪怕只见识一下4月泥泞，他们就会懂得建设的不易，走路的不易，管理的不易，春天的不易，一切不易的不易了。艰难，这不正是我们每个人的必修课吗？泥泞，这不正是通向日暖风和的盛春与初夏的必由之路吗？这些大城市的孩子未免活得太轻松太舒服了，他们上哪里了解“国情”去？上哪里结合实际去？如此这般，不知道这样想是否也有点“红眼病”的前兆。

据说现在已经没有这么多泥泞了。乌鲁木齐各单位承包门前的道路，不令雪积，不令冰就，到了化雪天气无雪可化，也就无泥可泞了。至于伊犁，像阿合买提江路之类的大土路，早已铺上了沥青路面，即使翻浆也成不了条条大河的河道了。乡下的土路呢？该是依旧吧？高轮牛车（二轱辘）可能正是为了适应泥泞的与多渠道的路面而制造出来的，如果车轱辘小一点，陷入没入泥中渠中，不就更麻烦了吗？农村，世界上正因为有农村，怀旧的温馨才有所寄寓，岁月的无情的冲刷之中才保留了几个安全的小平台。真没了泥泞，还能算新疆的春天吗？

而不论大的泥泞也罢，愈益减少的泥泞也罢，经过了化雪季节，新疆的盛春初夏是极为美妙的。待到百花盛开树叶纷披的时候，待到过五一国际劳动节的时候，不论有过多么吓人的泥泞，一点影子也不会留下了。一切都会变得清清爽爽，利利落落。到那时候你向一个外地人介绍乌鲁木齐或者伊犁的4月泥泞，说不定他以为你是在危言耸听或者“踩咕”边疆呢。

1991年6月

初　冬

当湖面上结起最初薄冰，你温柔的，可是悸然心动？

你知道，太阳一出来，冰就化了，水面上仍然泛舟。

你知道，人们会愈来愈喜欢太阳。在阴天之外，人们还有许许多多晴朗的日子。

你知道，树叶会大落特落了，落完之前，它们正在枝上灿烂得紧。

你知道鸟并不会飞光，即使是黑老鸦，也会在严冬分担你的冬日的愁闷。

你知道火炉将会生起，火焰将用它的不可捉摸的躲闪与静静的温热来挑逗你。你可以干一杯因为涨价而显得更加神异或者因为不涨价而显得更加友善的酒，让火的闪耀发生在你的身体里。

你怀念远方的朋友和亲人，你奇怪，为什么愈是你想念的人你愈少与他们联系。

你知道一年将终，而这已经不像——例如十年前那样使你惊奇，使你抗拒，使你兴奋，又使你逃避。一年，又是一年，就是一年而已。

你知道冰将逐渐冻厚起来，许多年轻人在冰上游戏。你奇怪你为什么那么早就结束了你滑冰的历史，那么早就退出了冰之天堂，又永远不忘火热的冰戏。

你觉得初冬还不是冬，而只是秋的继续，甚至是夏的继续。你觉得夏是漫长的。呵，冬也是漫长的。而一切是多么短促。当夏去秋来冬来的时候，你说不清你是在告别还是在等待。你说不清如果你等待的话究竟在等待什么。遍天飞雪？冻柿子？爬犁？冰挂？新年春节的爆竹？还是次年的拂面和风？

当第一片薄冰在初冬时节被你的眼光捕捉，正像你发现了自己的与妻子的第一绺白发。又平静，又庄严。又悲伤，又甜蜜。

1989 年 1 月

梅花朵朵绕梁来

在我童年的时候，从家里的破“话匣子”中听到的最多的就是曲艺节目，特别是其中的梅花大鼓，给我留下了难以磨灭的印象。“这个林黛玉，隆哩格饿格饿”，百转千回的曲调似乎已经渗入了我的细胞，带着伤感，带着无奈，又带着一代代传下来的痴情故事，与我的生命同存在同长大。

许多年过去了，梅花大鼓已经难以听到。革命歌曲、老解放区歌曲、苏联歌曲、亚非拉歌曲、语录歌曲、革命现代京剧、各种地方戏、美国乡村歌曲、东南西北风等，一样调门儿又一样调门儿像潮水涌过来又涌过去了。而我与梅花大鼓阔别着，再无缘亲近一番了吗？偶一思之，不免怅然。

50年代我曾有过花四宝的梅花大鼓老唱片，唱片在“文革”中丢失了。前几年我曾托一位在广播电台工作的朋友帮我录梅花大鼓的段子，谁知她拿来的是京韵大鼓——当然，我也爱听京韵。

这样，上个月到天津出席中国北方曲艺学校建校十周年纪念晚会的时候，听到毕业生王哲演唱的梅花大鼓《黛玉葬花》《宝玉探晴雯》，宛如故友重逢，分外激动。半个多世纪前的往事，全都唤醒了。真正的中国人的情，叫作情义、情意、情分的，都在大鼓中传达出来了。歌曲云云，不免嫌新派了些。它更擅长反映学生、城里人尤其是文化人的情趣；戏曲云云，又太用力了，唱起来消愁则可，能心心相通者有限。只有曲艺，是咱们中国人的心声，老百姓的心声，它道尽了中国人的悠悠历史，阅尽沧桑，沉重艰难，重情重义，如怨如诉，百折不挠，有血有泪。尤其是梅花大鼓的曲折曲调，抒情性极强，它每每把你的心提起来，把你的魂勾出来，推过来搡过去，摩过来揉过去，抽成丝纺成线，织成锦缎梳成云霞。它生发出来的是柔情万种，泪眼迷离，微笑叹息，跌足击掌，依依恋恋，难分难舍。最后，让你升了一回天，入了一回地，哭了一场，笑了一场，憋闷了一回，又畅快了一回；再把你的心你的灵魂缓缓地平展回你的胸膛里。加上年轻的王哲演唱得声情并茂，唱做俱佳。她的声音处理在不离原味的同时也颇有创新。她的声带条件极好，听起来实令人感慨万端，唏嘘不已。她唱的林黛玉的葬花词令人肝肠寸断。古人形容听乐曰“余音绕梁，三日不绝”。我听王哲的鼓书，岂止三日，十几天过去了，一想起来，仍有那曲折婉转的梅花大鼓唱腔在我的心里盘旋，自己也每每哼哼唧唧，自思自叹，不能自已。王哲的演唱还使我相信，童年并不会永无痕迹，时光并不能冲掉一切，世上固有众多美好的事物一去便不复返，但也还有你珍重的一些记忆保存在那里，任凭年华老去，真情真曲真味是永存的，是可以传承的，永远永远。

收到同样效果的还有张楷演唱的河南坠子《宝玉探病》与《别紫鹃》。与梅花大鼓比较，坠子更通俗更质朴更袒露胸臆，抒情中似有几分幽默。张楷唱得也好，有情趣，有结构，有层次变化，错落有致。

四个段子的取材都来自《红楼梦》，这也引人思索。《红楼梦》戏剧性不太强。所以人戏的故事远远不如《水浒》《三国演义》《西游记》多。但是红楼的抒情成分重，适合曲艺特别是梅花与坠子表演。爱红楼者爱抒情者能不爱曲艺乎？

最后，希望有更多的鼓书坠子演出，希望广播电台多播送一些这类节目，希望我们的民族情、人民情、民间情有所抒发，有所升华，有所丰富，也有所寄托——一个不珍重抒情的民族是可悲的。

并祝所有的青年曲艺演员前途远大，祝曲艺事业大弘扬大发展。

1996 年 11 月

落　叶

人说自己的作品是结成的果实，我却觉得，我的作品像一片片落叶。一年年落叶。一阵阵落叶。

春天，叶芽萌发，渴望生长，汲取养分，迎接阳光。夏天，日趋丰满，摇曳自语，纷披叠翠，自在茁壮。而小树成为大树、老树，就靠了这些树叶而呼吸，而做梦，而伸展自己的向往。

等到秋天，一片树叶又一片树叶犹豫不决地与树干商量：我完成了吗？我可以走了吗？我渴望乘风飞去，海阔天空，被心爱的知音拿去珍藏。我又怕我们去了，使母亲树干凄凉。

树干说：去吧，去吧。我已经尽到了我的力量。你们是无法挽留的啊，纵然与你们告别使我神伤。你们应该去接受命运的试炼。

一片又一片的落叶落下了，它们曾经是树的。现在也还是树的，却又不是树的了。

它们是它们自己。是树的过往的季节，过往的尝试，过往的儿女。又是大地的新客人，新的星外来客，新的友人。

它们也许因陌生而受疑惑的冷眼。它们也许因平凡而受不经意的遗忘。它们也许被认为枯干而被一根火柴点燃，点燃中发出短暂的烟和光。它们也许被认为美丽而藏在情人的心上。它们也许跌入烂泥而遭受践踏，终于肥了土地。它们也许被一阵大风吹入异乡。它们也许进了科学家的实验室，做成切片，浸入药液，再放到显微镜下观察分析。而过多的树叶也许会引起清洁工的腻烦，用一把大扫帚通通地把它们扫到大道旁。

太多的树叶会不会成为自己的负担呢？太多的树叶会不会使树干弯腰低头，不好意思，黯然神伤？太多的树叶会不会使树大发奇想：我为什么要长这么多的树叶呢？它们过分地消耗了我的精力和思想。如果在我这棵树上长出的不是平凡的树叶而是匕首、外汇券、奶油或者甲鱼，是不是能够派更多的用场？

树不会愿意处在自己落下的树叶的包围之中，树不会愿意再看自己早年落下的树叶。树又不能忘怀它们，不能不怀着长出新的树叶的小小愿望。

1988 年秋 10 月在苏州，我问陆文夫兄：“当你看自己的旧作的时候，你有什么感想？可像我一样惆怅？”

他回答说：“我根本不敢看哟……”

落叶沙沙，撩人愁肠。

1989 年 1 月

在公路上

新疆生活十六年，有过多次上路的经验。新疆大，一出差就要坐长途公共汽车，三天五天直至十天八天。公路上的生活，成为新疆生活的一个重要组成部分。

我还记得 1964 年从麦盖提县搭运粮车去喀什噶尔的情景。9 月的白昼，沿塔克拉玛干大沙漠行进还是觉得很炎热，太阳一落就又觉出冷来了。司机决定开夜车，把三天的路程并成一天一夜。从上午开到午夜两三点，司机实在累得受不了了，便把车一停，人钻到车下面倒头便睡。不知道这个铺位的选择是不是为了挡风，看起来可有点惊心动魄——车一滑动，可怎么办？

立即传出了师傅的鼾声。我可没有那么大本事，迷迷糊糊，哆哆嗦嗦（冷的，不是怕的），心想来新疆可真不白来。北京那些朋友们，做梦也想不到我这伟大粗犷的经验吧。生活，可不只是大城市那点事呢。

在我脑海里，贮存着多次旅行于乌鲁木齐—伊犁之间的记忆。对乌伊公路，我几乎可以说是如数家珍。车过昌吉，“巍峨的”水塔似乎是乌鲁木齐派出来迎送宾客的标兵。呼图壁的发射台，庄严林立。玛纳斯的地名与柯尔克孜的史诗中的主人公相同。石河子的林带永远高唱屯垦戍边的颂歌。一边通向油城独山子，一边通向兵团农七师师部所在地的奎屯的指路牌开阔着你的胸怀，展现着新疆的辽阔。精河治沙的名声和精河西瓜的名声同样流传遐迩……然后就是五台了，这是真正的交通重镇，是古代驿站的扩大和改善。四面环山，中间都是旅店，好一个险要的去处。

天色不明我们就从五台动身，一个多小时以后才到达柯克塔拉——蓝色（绿色？）的田野。下车，吃早餐，然后汽车上爬，如牛负重。赛里木湖——三台海子——到了。经过了漫漫沙石戈壁，这清澈的碧蓝的高山湖泊给人以“此湖只应天上有，人间哪得见几回”的感受。果子沟，芦草沟，清水河子，水定（后并入霍城），五〇农场，巴彦岱，伊犁到了。

我尤其忘不了自喀什通塔什库尔干的国防公路。道路缠绕在山边，巨石悬挂在头上，公路是硬从山腰里挖出来的，掏空了下部却炸不净山顶，危石悬空，陡崖欲坠，迂回盘旋，险路倍增豪情。生活是严峻的，道路是惊险的，驾驶是艰难的。还是收起来那小儿科的一帆风顺的幻想吧。

即使修好了一级路面，也仍然常常抵挡不住山洪和泥石流的冲刷、塌方的蒙头盖顶以及春季解冻时期的泥泞翻浆。路被搞坏了怎么办？再修就是了。修好了车照样开，修不好转便道也要行车。经过一个海拔近四千米的龙头（水源），维语叫作苏巴什，再一个苏巴什，我亲爱的宁静峭拔的塔什库尔干到了，帕米尔旅馆到了，边境口岸红其拉甫到了。

在新疆，比在任何地方都更能感觉到交通厅的重要和无处不在。在新疆比在任何地方都更能体会到司机师傅的权威与艰苦。离开了新疆，不免常常想起在那里的公路上行进的滋味，也包括汽车在路上出了故障——新疆人一般称作“抛锚”——的滋味。即使有了更好更快的空中交通条件也罢，公路，地面上的交通仍然是无可替代的，公路旅行更能获得见闻。公路上，人们更加同舟共济，一心向前，公路上，总好像有一个目标在催促你：赶紧，别误了车，遵守时间！而不论路程多么漫长，目的地总不会太远。

1992 年 4 月

又见伊犁

离开新疆后，1981 年我曾返回伊犁，并且去了尼勒克牧区。这次经过九年再来，相隔的时间不算短也不算长。当飞机飞越天山的时候，也许可以说有点激动。我只是说“有点”，因为这一切似乎驾轻就熟。同样的天空，同样的航线，同样的噪音很大的安 -24 飞机，别来无恙的山山水水……这里没有任何不寻常的地方。

一下飞机就立刻感到了伊犁的宁静与清新。与乌鲁木齐相比，伊犁有一个更长的秋天，空气中弥漫着一种爽利的秋意，树叶正在变黄，天气稍稍凉一点，我的呼吸变得格外轻松和舒适……朋友们热情地向我介绍伊犁的变化，新的高楼大厦，新的柏油路面，新的商店市场。但我更愿意说伊犁没有变，不变的是她的悠然与安适，不变的是她的透明的秋天。就连新增加的许许多多的“六根棍”马车，我觉得与其说是新添，不如说是回复，我从它们那里获得的是一种怀念的旧情。

看看老邻居、老住所，也是一番无言的感慨。绿洲俱乐部对面的解放路二巷巷口已经认不出来了，找不到活渠，老杨树也被砍伐了许多。原来我们住过的第二中学的教工家属宿舍纷纷自己围起了院墙，那时候就无人照料的几株小苹果树已经无存，而人仍无恙。一个又一个的老师都见到了，眼泪涌了出来。有两个老师曾经与我一起在一个寂寞的春节开怀痛饮，现在一个已经大大地发福而豪迈的风度依旧，另一个却使我未能辨认出来。一个老师因为不知什么罪名而在那时不能任教，他赶着马车为大家运煤炭，皮里青、察布查尔、干沟、铁厂沟的煤矿成为他常常出没的地方。如今，平了反退了休，也算是安度晚年吗？他流泪了，我们也流泪了。

还有那个躲武斗时居住过的新华西路“大杂院”，房东老太太和她的长子已经去世，她的孙媳妇住的正是我们当年的房子。另一家的小孩子早已长大成人，我们看到的是他的媳妇和酷似当年的他自己的孩子。时光果然已经流过那么多那么多吗？逝者长已矣，生者独恻恻，“别来无恙”。“别来无恙”并不容易，“别来无恙”又是怎样珍贵的欣慰！

不要说巴彦岱了。那是承受不了的回忆、友情、温暖与挂记。老书记已经退休，他的院子里堆满了金黄的玉米。他站在院门口寻找我，我说：“在这儿呢！”走进院子，我说：“你这几间房子，还是原来的吗？”“当然了。”他答。“你这房梁，还是我帮着上的呢。”我回忆起了给他上房梁的事。

我的老房东仍然健在。他的家里也挂上了颜色鲜艳的挂毯和腈纶毛毯。而在庄子，另一家老房东与房东大娘已经谢世。他们的儿媳妇与我抱头大哭。是哭逝去的时光与逝去的长辈吗？是哭这终于又见面了的欢欣？在他家的墙壁，还挂着我 1981 年来时与他们全家包括逝者的合影呢。

也许这并不算记忆的恢复，因为记忆从来未曾消失。也许这不算时间的衔接，因为 1973 年我们就从伊犁搬走了。再来，再多来，我们毕竟已经不能朝夕相处，我们各自有各自的天地、各自的忧乐。也许这也算不上叙旧，因为热情的招待，“堵住嘴”的食品和众多的乡亲使我们很难认真地说点什么。然而，为什么我又觉得我们是这样地互相了解、默契、知心！没有说出的话也许比说出的话更透亮，没有交流的回忆也许比已经交流的回忆更深刻地深藏在我们的心中！我们之间已经不需要说更多的话了，伊犁的乡亲啊，知我爱我，这不是几句话可以表达的。

与其说是激动，不如说是平静。伊犁这块土地是实在的，人们的日子越过越好，伊犁的丰姿越来越美，伊犁的友人永远那样友好和热情。我从来没有离开过伊犁，想离也离不开。就让伊犁成为我永远的思念、永远的慰安、永远的镜鉴吧，我还要歌唱你的，你是我永远的歌。我常常遗憾而且急躁，我在伊犁那么多年，怎么没学会一首道地的伊犁民歌呢？比如那首《黑黑的眼睛》，我听人唱过不知多少次，我为之沉醉，为之落泪，为什么至今没有学会唱它呢？我觉悟到，这是一个启示，一个象征。关于伊犁的歌，还要慢慢地学，慢慢地唱呢。我要学唱伊犁的歌，又舒缓又热烈，又迂回又开阔。我要永远问自己，怎么样才能惟妙惟肖地歌唱伊犁？

1991 年 1 月

新疆的歌

黑黑的眼睛

在遥远的伊犁，几乎每一个本地人都会唱《黑黑的眼睛》这首歌，几乎每一次喝酒的时候都要唱这一首歌。

喝酒和唱歌这二者，从声带医学的观点来看是互相排斥的，从情绪抒发的角度来看却是一致的。

第一次听到这首歌是1965年冬天，在大湟渠渠首——叫作龙口工程“会战”的“战场”。我与农民们一起住在地窝子里。那里临时开设了几个食堂。寒冬腊月，食堂的厚重无比的棉帘子外面挂满了冰雪，也许不是雪而是霜，食堂里的水汽从帘子边缘逸出来，便凝结成霜。掀开这沉重得惊人的门帘，简陋的食堂里热气弥漫、灯光昏暗、烟气弥漫、肉香弥漫。更重要的是歌声弥漫，歌声激荡得令人吃惊，歌声令人心热如焚，冬天的迹象被歌声扫荡光了。

在关内的时候，我们也听过一些新疆歌曲。但是伊犁民歌自有不同之处，它似乎更散漫，更缠绕，更辽阔，没有开头也没有结尾，抒不完的感情联结如环，让你一听就陷落在那里，痴醉在那里。

从此我爱上了伊犁民歌。在伊宁市家中，常常能有机会深夜听到《黑黑的眼睛》的歌声。是醉汉吗？是夜归的旅人？是星夜赶路的马车夫？他们都唱得那么深情。在寂寥而寒冷的深夜，他们用歌声传达着对那个永远的长着“黑黑的眼睛”的美丽的姑娘的爱情，传达着他们的浪漫的梦。生活是沉重的，有时候是荒芜的，然而他们的歌是热烈的，是愈加动情的。

后来我有几次与农民弟兄们一起喝酒唱歌的经验。我们当中有一位歌手，他是大队民兵连长，他叫哈里·艾迈德。他一唱，我们就跟，随着每一句的尾音，吐出了无限块垒。我傻傻地跟着唱，跟着唱，却总觉得跟不上那火热的深沉与辽阔的寂寞。

也有时候我不跟着唱，只是听着，看着哈里和别的人们的那种披心沥胆地唱歌的样子，就觉得更加感动。

1973 年我离开了伊犁，1979 年我离开了新疆。

1981 年中秋节前后我重访伊犁，诗人铁依甫江与我同行。为了将《蝴蝶》改编成电影的事，长春电影制片厂的一位导演不远万里跑到伊犁去找我。一天晚上，我们一同出席伊宁市红星公社在西公园附近的一次露天聚会。饮酒之际，请来了民间的盲艺人司马义尔，他弹着都塔尔，唱起了歌，当然，首先唱的仍然是《黑黑的眼睛》。

他的声音非常温柔。他的歌声不是那么强烈，却更富有一种渗透的、穿透的力量。那是一首万分依恋的歌，那是一种永远思念却又永远得不到回答的爱情，那是一种遥远的、阻隔万千的呼唤，既凄然又温暖。能够这样刻骨铭心地爱，刻骨铭心地思恋的人有福了，能唱这样的歌，也就不白活一世了！看不见光明的歌手啊，你的歌声里充满了对光亮的向往和想象！在伊犁辽阔的草原上踽踽独行的骑手啊，也许你唱这首歌的时候期待着人群的温暖？歌声是开放的，如大风，如雄鹰，如马嘶，如季节河里奔腾而下的洪水。歌声又是压抑的，千曲百回，千难万险，似乎有无数痛苦的经验为歌声的泛滥立下了屏障，立下了闸门，立下了堤坝。

一声“黑眼睛”，双泪落君前！他一唱我的眼泪就流出来了！

伟大的维吾尔诗人纳瓦依说过：“忧郁是歌曲的灵魂。”这又牵扯到一个民族的性格问题上了。你为什么那么忧郁？由于干旱的戈壁沙漠吗？你的绿洲滋润着心田。由于道路遥远音信难传吗？你的好马和你的耐性使你们的交往并不困难。由于得不到心上人的呼应、得不到知音吗？你的歌、你的舞、你的饮酒又是那样地酣畅淋漓。而你的幽默更是超凡入圣。

快乐的阿凡提的乡亲们，却又有唱不完的“黑眼睛”的苦恋。

我没有解开这个谜。虽然我标榜自己对新疆、对维吾尔人的生活、语言、文字颇有了解。我至今学不会这个歌。虽然我喜欢唱歌、粗通乐谱、会唱许多歌、自信学歌的能力不差。那么熟悉，那么想学，却仍然不会唱。也怪了。

就让我唱不好、唱不出这首《黑黑的眼睛》吧。唱不好，但是我知道她，我爱她，我向往她。小小的一声我就能从万千音响中辨识出她。她就是我的伊犁，她就是我的谜一样的忧郁。至少是因为告别了伊犁，至少是因为她是唯一的我又喜爱又熟悉又至今唱不成调的歌儿。

阿娜尔姑丽

以喀什噶尔为中心的南部新疆的歌儿与以伊犁为中心的北疆的歌儿有很大的不同。如果说北疆民歌的代表是《黑黑的眼睛》的话，那么，南疆民歌的典型则是《阿娜尔姑丽》。“阿娜尔姑丽”的意思是石榴花，而这又是一个在南部新疆常见的姑娘的名字。这个名字很美。电影《阿娜尔汗》的主题歌就是根据民歌《阿娜尔姑丽》整理、配词而成。歌一开始便唱道：

我的热瓦甫琴声多么响亮，
莫非装上了金子做成的琴弦？

而民歌的起始两句，据我所知的一个版本是这样的：

夜晚到来我睡不着觉呀，
快赶开巢里的乌鸦，啊，我的人！

最后一个词是bala，是孩子的意思，这里叫一声孩子，类似英语中的baby，是一种昵称，故译作“我的人”。

以《阿娜尔姑丽》为代表的南疆民歌似乎更具有节奏感，人们唱这些歌的时候似乎正迈着沉重有力的步子，似乎正在漫漫沙石戈壁驿道上长途跋涉。四周杳无人迹，远山上雪光晶莹，干枯的柴草在风中颤抖，行路者的歌声坚毅而又温情，我好像看到了歌者的被南疆的太阳烧烤成了紫酱色的脸庞。

也许他们是骑着骆驼唱这些歌的吧？在“沙漠之舟”上，他们体验着大地的辽阔、荒芜、寂静与神秘；他们也体验着自己内心的火焰的跳动、炽热、熬煎和辉耀。他们已经漫游了许多日日夜夜。他们已经寻求了许多岁岁年年。他们已经创造了许多城市乡村。他们热烈地盼望着更多的人间的情爱。

我永远不会忘记我第一次受到这样的歌声的冲击的情景。那是在叶尔羌河东岸、塔克拉玛干沙漠西缘的麦盖提县，1964 年，我住在县委招待所，准备去洋达克乡。招待所正在盖房子，每天早晨 8 时以后，来自农村的临时建筑工开始上班。有两个年轻的女人，她们不紧不慢地用抬把子抬砖，一边装卸，一边走路，一边大声唱歌。她们唱的是《阿娜尔姑丽》，她们的唱歌就像呐喊一样自然、朴素、开阔、痛快，她们的唱歌就像呼唤一样响亮、多情、急切、期待着回应，她们的唱歌又像是一种挑战、放肆的发泄，自唱自调，如入无人之境。她们戴着紫红色的小帽，穿着红色的裙子，红色的裙子下面还有绿色的灯笼裤。这歌声响彻一个上午，中午稍稍歇息，又一直唱下去，唱到太阳快要落山。她们的精力，她们的热情，她们的喉咙里，似乎都有着无尽的蕴藏。

即使是生活在城市中、生活在忙乱中、生活在纷扰与风霜雨雪中也罢，想起这样的歌，能不为那股热流而心潮激荡吗？

1991 年 3 月

故乡行

——重访巴彦岱

我又来到了这块土地上。这块我生活过、用汗水浇灌过六七年的土地上。这块在我孤独的时候给我以温暖，迷茫的时候给我以依靠，苦恼的时候给我以希望，急躁的时候给我以安慰，并且给我以新的经验、新的乐趣、新的知识、新的更加朴素与更加健康的态度与观念的土地上。

高高的青杨树啊，你就是我们在 1968 年的时候栽下的小树苗吗？那时候你幼小、歪斜，长着孤零零的几片叶子，牛羊驴马、大车高轮，时时在威胁着你的生存。你今天已经是参天的大树了，你们一个紧靠着一个，从高处俯瞰着道路和田地，俯瞰着保护过你们、哺育过你们、至今仍在辛勤地管理着你们的矮小的人们。你知道谁是当年那年老的护林员？你知道谁将是你们的精明强悍的新主人？你可知道今天夜晚，有一个戴眼镜的巴彦岱——北京人万里迢迢回到你的身边，向你问好，与你谈心？

赫里其汗老妈妈，今夜您可飘然来到这里，在这高高的青杨树边逡巡？您是 1979 年 10 月 6 日去世的，那时候我正住在北京的一个嘈杂的小招待所里奋笔疾书，倾吐我重新拿起笔来的欢欣，我不知道您病故的凶信。原谅我，阿帕，我没有能送您，没有能参加您的葬礼，您的乃孜尔乃孜尔（这里指人死之后举行的祭奠仪式）。那六年里，我差不多每天都喝着您亲手做的奶茶。茶水在搪瓷壶里沸腾，您坐在灶前与我笑语。茶水兑在搪瓷锅里，您抓起一把盐放在一个整葫芦做成的瓢里，把瓢伸到锅里一转悠，然后把一碗加工过的浓缩的牛奶和奶皮子倒到锅里，然后用葫芦瓢舀出一点茶水把牛奶碗一涮，最后再在锅里一搅。您的奶茶做好了，第一碗总是端在我的面前，有时候，您还会用生硬的汉语说："老王，泡！"我便兴致勃勃地把大馕或者小馕，或者带着金黄的南瓜丝的苞谷馕掰成小小的碎块，泡在奶茶里。最初，我不太习惯这种我以为是幼儿园小孩所采用的掰碎食物泡着吃的方法，是您慢慢把我教会。看到我吃得很地道，而且从来不浪费一粒馕渣儿的时候，您是多么满意地笑起来了啊！如今，这一切还都历历在目呢。可您在哪里，您在哪里呢？青杨树叶的喧哗声啊，让我细细地听一听，那里边就没有阿帕呼唤她的"老王"的声音吗？

笔直的道路和水渠，整齐的、成块的新居民点，有条有理，方便漂亮。60 年代中期自治区党委提出的好条田、好林带、好道路、好渠道、好居民点的"五好"的要求，关于建设社会主义新农村的号召，如今在巴彦岱不是已经实现了吗？根据规划建设的要求，我和阿卜都热合曼老爹、赫里其汗老妈妈住过的小小的土房子已经拆掉了，现在是居民区的一条通道。当年，我曾住在他们的一间不到六平方米的放东西的小库房里，墙上挂着一个面箩、九把扫帚和一张没有鞣过的小牛皮。最初我来到这个语言不通的地方，陪伴我的只有梁上的两只燕子。我亲眼看见燕子做窝、孵卵，看见它们怎样勤劳地哺喂那些叽叽喳喳的小燕子。在小燕子学会飞翔的时候，我也已经向维吾尔农民的男女老少（包括四五岁的孩子）学了不少的维吾尔语了。我们愈来愈熟悉、亲热了，按照你们的古老而优美的说法，你们从燕子在我住的小屋里筑巢这一点上，判定我是一个心地善良的人。于是，你们建议我搬到正屋里，和你们住在一起。我欣然接受了。从此，我们一起相聚许多年，我们的情感胜过了亲生父子。亲爱的燕子们哪，你们的后代可都平安？你们的子孙可仍在伊犁河谷的心地善良的农民家里筑巢繁养？当曙色怡人的时候，你们可到这青杨树上款款飞翔？

阿卜都热合曼老爹啊，我们又重逢了。在那些年，我把我的遭遇告诉了你们。您那天沉默了许久，您思索着，思索着，然后，您断然说："老王，不会老是这样子的。请想一想，一个国家，怎么能够没有诗人呢？没有诗人，一个国家还能算是一个国家吗？元首、官员、诗人，这是任何一个国家都不能缺少的。老王，放心吧，政策不会老是这个样子的。"您没有文化，您不会写自己的名字，您不懂汉语，没有看过任何书，然而，您是坚定的。您用您自己的语言，表达了您的信心，对于常识，对于真理，对于客观规律总比任何人的个人意志强大的信心。如今，您的信心应验了：诗人和作家在我们的国家受到了应有的关心和爱护。排斥诗人、废黜诗人的年代终于一去不复返了，而您，也已经老迈了……

还有二大队的支部书记阿西穆·玉素甫。1971 年，我离开巴彦岱前去乌鲁木齐“听候安排”的前夕，阿西穆同志对我说：“不要有什么顾虑，放心大胆地去吧！如果他们（指当时乌鲁木齐的有关部门）不需要你，我们需要你。如果他们不了解你，我们了解你。你随时可以带着全家回来，你需要户口准迁证，我这里时刻为你准备着。你需要房屋，我们可以立刻划出九分地，打好墙基。一切困难，我们解决。”这真是披肝沥胆，推心置腹！巴彦岱的父老兄弟呀，在我最困难的时候，你们给过我怎样巨大的支持和鼓励！古人说，“人生得一知己足矣”，而在巴彦岱，成百上千的贫下中农都是我的知己！在最困难的时候，最混乱的时候，我的心仍然是踏实的，我仍然比较乐观，我没有丧失生活的热情和勇气。至今有人称道我四十七八岁了还基本上没有白发，说我身体好。其实，我的青少年时期身体状况是很糟糕的，为什么经过了那么多动乱和考验以后，我反倒更结实也更精神了呢？那是因为你，你们——阿卜都热合曼、依斯哈克、阿西穆·玉素甫、阿卜都克里木、金国柱、艾姆杜拉、满素艾山……你们支持我，帮助我，知己知心，亲如兄弟，你们给了我多少温暖和勇气！不是吗？当我来到四队庄子上，看望依斯哈克老爹的时候，他激动得哭个不停。心连心，心换心啊！此意此情，夫复何求？

慢慢地在青杨掩映的乡村大路上前行吧，每一株树，每一个院落，每一扇木门，每一缕从馕坑里冒出来的柴烟，每一声狗叫和鸡鸣都会唤起我无限的怀念。清清的小渠啊，多少次我到你这里挑水？阿帕是贫寒的，她的水桶一个大一个小，她的扁担歪歪扭扭，严格说来那根本不能叫扁担，因为它一点也不扁，而是一根拧了麻花的细棍子。那东西压在肩膀上，才叫闹鬼呢，它好像随时要翻滚，要摆脱你的手心……就是这样，我用它挑了多少水啊。而当枯水季节，或者当小渠被不讲道德的个别人污染了的时候，我就要沿着田埂向北走上三百多米，从另一处渠头挑水了。给房东大娘把水挑满，这也是党的传统，党的教育，党的胜利的源泉啊，我能够忘记吗？即使我住在冷热水龙头就在手边的地方，我能忘记这用麻花扁担挑着大小水桶走在巴彦岱的田野上的日子吗？

继续往前走，就是原来的大队部了。我不由得想起1965年到1966年，我们每天早晨天不亮就聚集在这里“天天读”的情景。我把“天天读”变成了学习维吾尔语的好机会，我认真地背诵着“老三篇”的维吾尔译文，并且背下了上百条“语录”译文。一方面做学生，一方面又担任教维吾尔新文字的“先生”，有许多个早上我在这里给大队干部教授拉丁化的维吾尔新文字。那齐声朗诵A、B、C、D的声音，还在这里回响着吗？

当然，原来的大队部也使我想起那阴暗的日子，一阵“炮轰”以后的半瘫痪状态，“一打三反”时候的恐怖气氛……这些，已经成为往日的陈迹了。我会见了艾姆杜拉和司迪克，艾姆杜拉已经被落实了政策，担任巴彦岱中学的教员，一家十一口，也转为吃商品粮的了。“你现在和队上没有什么关系了吗？”我问。“呵，如果我给队上缴一车肥料，队上就给我一车麦草。”他笑着说。而曾被捆绑和殴打过的司迪克呢，他骄傲地把他新盖的高台阶、宽前廊的房屋指给我看，端来了自己栽植收获的葡萄、梨……劳动者的心地是最宽阔也最厚道的，我们共同引用着维吾尔族的谚语：男子汉大丈夫总要经受各式各样的磨难的。沉重的回忆就这样被欢畅的笑声冲刷过去了。

巴彦岱的农民弟兄们，你们终于安定了，轻松了，明显地富裕起来了。孤儿出身的曾是穷苦的光棍儿的阿卜都克里木啊，你现在也有三间正房，上千元的存款，自行车、手表、驴车，并且饲养着牛、鹿、驴了。你包了十一亩菜地，和你的精明的妻子一起种植管理。当年我曾经多少次睡在你的独间土房里，睡在你那个只有架子没有床板，用向日葵秆托着我的身躯的歪歪扭扭的床上，共同诉说着生活的艰辛和期望啊！今天，我又睡到你这间房子里来了，你用伊犁大曲、爆牛肉、炒鸡蛋和煮饺子来招待我。曾经教会我扬场、自称是我的师傅的金国柱也来了，他拿着酒杯向我祝酒说：“如果不替我们说话，我们就把你拉下来！”善于经营理财的穆成昌也来了，问我：“农村的政策不会变吧？”为什么要变呢？符合人民心愿的，有利于生产发展的政策，要靠我们自己来贯彻啊！巴彦岱的各个大队，正在进一步落实责任制，把责任包到每户、每个劳动力身上。大家都说，真能这样搞下去，就会搞好了。难道可以不搞好吗？我们已经付出了那么多代价，那么多时间！

中秋刚过，明月出天山，天山上的月亮才是最亮、最无尘埃的啊！但愿我们的生活，我们每个人的心像天山上的明月一样光亮饱满。月光下的新居民点，房屋和庭园，属于社员个人的房前屋后的树木，堆积着的饲草饲料，还有不时发出哞哞声的牛吼马嘶，显示出多少希望！过去大队干部为购买一辆货运卡车绞尽了脑汁，现在，大队已经拥有两辆这样的汽车了。过去收割的时候靠马拉机具和人工，现在主要靠康拜因了。过去轧场的时候靠马拉石磙子，现在主要靠手扶拖拉机了。过去粮食加工靠水磨，现在在拥有更大的水磨的同时，电磨已经占据重要的位置了。过去送信时骑马，现在邮递员都备有崭新的挎斗摩托车了。过去谁家里有个半导体收音机就会引起轰动，现在，一些社员的家里已经有了收录两用机，有了沙发、大衣柜、五斗橱和捷克式写字台，有的社员还已经提前买下了电视机了（伊犁的电视台正在建设中）。不管有多少挫折和失望，我们生活的洪流正像伊犁河水一样地滚滚向前。

我又来了。我又来到了这块美好的、边远的、亲切的和热气腾腾的土地上。愿已经与世长辞的赫里其汗妈妈、斯拉穆老爹、阿吉老爹、穆萨子大哥安息！愿年老的阿卜都热合曼老爹、马穆提和泰外阔老爹在公社的照料下安度晚年。愿还在工作岗位上的阿西德、金国柱同志实现自己的抱负，做出成绩！愿当年的小孩子、现在的青年人能过上远胜于上一代的更加富裕更加文明的生活！巴彦岱的一切，永远装在我的心里。

是的，我没有忘记巴彦岱，而巴彦岱的乡亲们也没有忘记我。当依斯麻尔见到我的时候，他不是立刻提醒我，当年，是我给他写的结婚请帖，我帮他上的房泥？而我也立刻回忆起，那时他的夏日茶棚不是在南面而是在北面，他曾经有过一头硕大的黄毛奶牛。当那时的小姑娘、现在的三个孩子的母亲塔西姑丽见到我的时候，不是立刻问候我的妻子和我的孩子们吗？当吐尔迪、穆成昌……见到我的时候，不是还询问我的那辆因破烂而在巴彦岱有名的自行车和黄棉衣的下落吗？他们不是绘声绘形地回忆起我在哪块地上锄草，在哪块地上收割，怎样撒粪，怎样装车吗？无怪乎曾经担任大队会计、现在担任公社财会辅导员的小阿卜都热合曼库尔班对我说：“我不知道王蒙哥是不是一位作家，我只知道你是巴彦岱的一个农民。”没有比这更好的褒奖了！好好地回忆一下那青春的年华，沉重的考验，农民的情谊，父老的教诲，辛勤的汗水和养育着我的天山脚下伊犁河谷的土地吧！有生之日，一息尚存，我不能辜负你们，我不能背叛你们，不管前面还有什么样的胜利或者失败的考验，我的心是踏实的。我将带着长逝者的坟墓上的青草的气息，杨树林的挺拔的身影与多情的絮语，汽车喇叭、马脖子上的铜铃、拖拉机发动机的混合音响，带着对维吾尔老者的银须、姑娘的耳环、葡萄架下的红毡与剖开的西瓜的鲜丽的美好的记忆，带着相逢时候的欣喜与慨叹交织的泪花、分手时的真诚的祝愿与“下次再来”的保证，带着巴彦岱的盛情、慰勉和告诫，带着这知我爱我的巴彦岱的一切影形声气、这巴彦岱的心离去，不论走到天涯海角……

1982 年 1 月

天涯海角

天本无所谓涯，地本无所谓角。

思本无所谓涯，情本无所谓角。

是故涯本无形，角本无影。

而生也有涯，虑也有角。命也有涯，运也多角。人，来到了海南岛的最南端，赋予天涯以形，赋予海角以影，发现了、固定了天涯海角的形影、人的需要。

蓝天，翠亮透明如洗如雨如玉而终不可见。除了轻曼的白云。除了羽翼般的椰子树叶子。仰头上眺，椰子树的羽毛般大叶似乎在天空飞翔。

碧海。碧海的白浪花便是海神的翅膀吗？它温柔地沙沙抚摩着巨石怪石。

紧闭嘴巴的怪石显得严肃和不合时宜。是怀才不遇吗？是生性狷介吗？是空有大块头而并无真货色，到头来落了一个靠边蹲的必然寂寞吗？

谪居逐客，也许与巨石产生了硬邦邦的共鸣？于是认定了是涯是角，眼前一片茫茫，正是好去处。

便都来这里摄影留念。便一定要在照片上现出“天涯”与“海角”的字样，字大概是郭沫若老写的。

便在而今之世成了旅游点。到这海滩上走一走要收数角钱的门票。若到天涯海角去，别忘了带零钱！前朝逐客有知，能不粲然幽默乎？

还在巨石边修了海滨浴场。浴沙如金，雷迪尖头门，密斯密斯脱，比基尼健而美，更衬托出黑大圆石头之落伍。往者已矣，来者好追。

更有牵北国瀚海之行舟骆驼至海南岛者，牵老去茶凉秃马供勇敢之骑士跨鞍留影者，有三下五除二打开椰子脑壳插上含角度之吸管供旅客啜饮者，有卖贝壳之商品与草帽之编织者，有收泊车费之戴红箍者……高跟软底，齿白口红，快门咔嚓，闪光倏灭，杭亢（香港）马栲（澳门），贵客盈岸，当地回女，倒卖私表，瓜子食仁而落皮，椰壳漂海而沉浮如人头，于戏，天涯成闹市，海角挤游人，浪花应有价，巨石亦商品……

只是向远看仍是水天一色的碧蓝，仍是汪汪洋洋清清茫茫，岸上愈乱乎，你就愈确信，这里就是天涯，这里就是海角，这就是空间终于达到自己的终端，有达到了无的地方。

等回到北京，就更加相信，已经经历了一次轮回，去了天涯，来自海角，永远是夏天。

有首歌流行，叫《请到天涯海角来》。听那个旋律和节奏，不像劝人到天涯海角来，倒像是到酒吧间来、到咖啡馆来，到这个那个舞会来。

还好，天涯海角不知道“请到天涯海角来”。

1987 年 5 月

中国心

1998年春，在纽约华美协进社讲演时，一位美国青年问我："为什么中国人的凝聚力那么强？"

我戏答曰："第一，我们都吃中餐；第二，我们都讲中文，用汉字。"

关于中餐，这里不打算进行多少讨论。中国人之爱中餐是毋庸置疑的。每次出国讲学待得时间长了，就常有等回国好好解馋的期盼出现。只是有少数同胞想当然地判定世上只有中餐好，而西餐云云，不过汉堡包肯德基之属，那就大谬不然了。西餐是很明快的，几大块，本色本香本味，用料十分讲究，又注意营养搭配，特别是它的鲜菜、奶制品和甜食，往往比中餐还丰富，它的制作方法较少烹炒，油含量也少，执炊时不那么乌烟瘴气，自有其可取处。我在意大利就发现那里面条品种与口味实在值得我中华料理学习。这方面自我封闭，夜郎自大，是不可以的。

中文汉字，确是人类一绝。特别是汉字，形声义俱全，其信息量远远大于拼音文字。汉语又整齐灵动，特别适宜于表达一种微妙的、诗意的情感。中文有着几千年的文化积淀，一些普通的字词，往往联系着久远的文化底蕴，例如“中华”“神州”“大地”“海内”“天涯”“劬劳”“芳草”“眷眷”“依依”……都够使受到过中华文化教育的人，浮想联翩，心潮难已，这是从翻译稿读中国文学作品的人所无法体会的。

最最能体现中文汉字的这些特点的首推中国的古典诗词，它的整齐、平仄、音韵、对偶、用典，都十分地美好简练易读易记。一个中国孩子，甚至在牙牙学语的时候，已经可能背诵下来许多古典诗词了。过年时吟“爆竹声中一岁除”，春雨时吟“清明时节雨纷纷”，中秋时吟“明月几时有”，送别时吟“劝君更进一杯酒”，喜悦时吟“漫卷诗书喜欲狂”，慷慨时吟“大江东去”，疲倦时吟“春眠不觉晓”，激越时吟“凭栏处潇潇雨歇”……古典诗词已经规定了铸就了中国人的心理结构和表达方式。

中国古典诗词盛行的年代人们没有知识产权观念，诗词是唱和酬酢的一种手段，诗词是一种大的民族文化之树上的花叶枝干，作诗就是继承和发展我们的祖先创立的这株文化之树。所以，第一，作诗的人首要是熟读范作，要能够与中华民族的文化之树沟通关联；第二，语言、典故的选择上，要有创造性也要有继承性，有的甚至达到了无一字无来历、无一句无出处的地步，这是有些过分了，但这与诗词的这一功能有关，不好全然不顾；第三，作诗是一种社会交流方式，诗句可以互相引用、唱和、化用、翻用等，乃至于可以搞集句，可以通过形式上的整齐美，把不同的人的不同诗作重组重构，这比起西方现代派的重构尝试，要早上千年。

我曾经对文字改革抱十分激进的态度，现在，人们渐渐明白汉字是不应该也不可能废除的了。以我国古典诗词为例，全部改成拼音文字以后，还能设想原汁原味的诗词的存在吗？

所以，近年来古典文学作品特别是诗词朗诵的成功与吟诵活动的普及，令我特别欢欣鼓舞。祝这些活动取得更大的开展。

这也是一个原因，当我看到一些显然连《唐诗三百首》都没有吟读背诵过的朋友写所谓的旧体诗，结果写得嘛也不是的时候，我感到了由衷的痛苦，要写旧体诗，还是先多读读吧，你会有收获的。

1999 年 1 月

感　伤

少年时候，我似乎颇有几分感伤。

上小学当儿，喜欢养蚕。那时北京的桑树也多，小树或者连树也不用上，就立在树下，可以够下很好的桑叶来，把桑叶洗干净，擦干，喂蚕。眼看着蚕从蚂蚁状的小虫变白，一次蜕变又一次蜕变，吃桑叶吃得这么香，这么快，这么多，真令人高兴。只是觉得它们生活得太紧张，争分夺秒，未有稍懈。

最后蚕变得肥壮透明，遍体有绿，于是它吐丝了。扬头摆头吐丝怕也是很累的吧。

它变成了蛹，觉得令人难过，觉得它是把生命收缩起来了。变成蛾子，更令人痛惜。我有多少次想喂蛾子吃点东西啊，馒头也行，白糖也行，当然桑叶也行。可是它们根本不考虑维持生命了。它们忙着交尾、甩子，干巴枯萎，匆匆结束了一个轮回。第二年虽然有许多的蚕，已经没有原来的蚕了。

桑叶呢？所有的树叶呢？多虽多矣，却也是谁都不能替代谁的。一片树叶枯萎了，落地了，被采摘走了，对于这一片树叶来说，它就不再存在了。

所以春天繁花的盛开在使我惊叹的同时也使我觉得匆促。我常常觉得与春天失之交臂。我常常觉得这盛开的繁花是凋零的预兆。我常常觉得春天最令人惋惜，最令人无可奈何，还不如没有春天。

甚至当我把一个木片、一个纸片扔到流水里去的时候也有一种依依思念：这木片会冲向何方？这纸片将沉向何处？这一切都不是我们所能知道的。

夏天，我特别心疼那些被捉住的蜻蜓，它们扑着翅膀却飞不出去。我也心疼黄昏的蝙蝠与夜间的萤火虫，因为它们寂寞，它们不出声，我总觉得它们的生涯太缺乏乐趣。

还有中天的月亮，是那样地遥远。还有婴儿的哭声，是那样地无助。还有算命的盲人吹笛子的声音，他们的步履是何等艰难。还有各式各样的民乐小曲，那里面总是饱含着悲凉。还有初秋第一次发现躺到床上已不那么暑热的时候，又是一个季节，又是一个年头。甚至还有春天时燃放的鞭炮，砰砰叭叭，然后，烟消声散，遍地纸屑……

哪儿来的这些感伤呢？

后来深知这种伤感的不健康，并笼统地称之为“小资情调”。其实真正的小资产者，如卖袜子与开餐馆的个体户，未必是感伤的。

后来碰到了真正的挫折和坎坷，感伤反而愈来愈少了。后来都说我豁达、乐观、潇洒乃至精明。反正绝不感伤了。

感伤究竟是什么？是一种幼稚天真？是对心劳日拙的计算争斗的一种补充？是一种轻微的心理的疾患？是一种天赋？是一种享

受？是一条通向文学的小径？据说外国人也认为，“感伤”早已经“过时”了。

那就老老实实地承认吧，我有过，现在也还有过了时的那点叫感伤的东西。活到老改造到老吧，路还长着呢。

1991 年 9 月

轻　松

许多报纸都办开了周末版了。你说好吗？我说不错。

50年代我做团的工作的时候，经常在星期六、星期日办公开会。那时候没怎么听说过“周末”这个词，更不要说解放前挣扎在死亡线上的人们了。现在都有个周末调剂调剂了，这也是成就。这不但有利于身心健康，有利于享受生活的乐趣，有利于家庭和睦、朋友交流，更有利于保持清醒冷静的头脑，避免在匆忙、紧张、急躁中做出错误的判断和决定，有利于更全面更周到地考虑问题，更妥善更从容地做事。在适当的轻松中人们才有可能读点书，看点节目，更多地接触点文化、艺术、体育，以及祖国的大好山水、名胜古迹，有利于人们知识面和心胸的扩大，有利于人们的全面发展，有利于人们多一点智慧和大度，少一点愚昧与狭隘。

当我参观一些伟人的生平展览和故居的时候，我常常为他们劳顿的一生而感到崇高的敬意和些微的遗憾。他们晚年的某些悲剧很可能与他们过于紧张有关，如果他们能有相对比较轻松的周末可度，如果他们的生活更多一点节奏，如果他们有更多的可能调节自己的身心，如果那时候各报也有周末版、周末版办得好而伟人也有机会读读周末版，也许那种悲剧性的事迹会少发生许多。我想得可能有点可笑，但我确实是这样想了。

有时候我争分夺秒地忙着。有时候我做一顿猫食要用半个钟头，有时候我自磨一次豆浆用掉四五十分钟。更不要说听上两个小时的唱片，看上一个半小时的胡诌乱侃的警匪片了。我的孩子问我："您怎么这样津津有味地去做一些无意义的事情呢？"我答："无意义就是它们最大的意义。如果我整天生活在我所热衷的某种意义之中，这种意义就会膨胀、爆炸、'异化'，我说不定会被这种意义整趴下。人生是丰富的嘛！"孩子恍然。

老一辈革命家确实比后辈辛苦得多。前人种树，后人歇凉。我们的生活越来越好。安定团结要求着正常的生活气氛，正常的生活气氛有利于安定团结。紧张的工作要求着也衬托着轻松的休息，勤劳的一周以幸福的周末终结。二者相辅相成。我勤劳，我也理应轻松，这里有人生的真谛。在充实的人生中能够适度地轻松，这是学问，这是胸襟，这是艺术，这是谋略，这也是信心和气度。一个又能勤劳又能轻松的人，他活得很有点滋味喽！

1992 年 3 月

安　详

我很喜欢、很向往的一种状态，叫作安详。

活着是件麻烦的事情，焦灼、急躁、愤愤不平的时候多，而安宁、平静、沉着有定的时候少。

常常抱怨旁人不理解自己的人糊涂了。人人都渴望理解，这正说明理解并不容易，被理解就更难。用无止无休的抱怨、辩论、大喊大叫去求得理解，更是只会把人吓跑。

不理解本身应该是可以理解的。理解“不理解”，这是理解的初步，也是寻求理解的前提。你连别人为什么不理解你都理解不了，你又怎么能理解别人？一个不理解别人的人，又怎么要求别人的理解呢？

不要过分地依赖语言。不要总是企图在语言上占上风。语言解不开的事实可以解开。语言解开了而事实没有解开的话，语言就失去价值，甚至于只能添乱。动辄想到让事实说话的人比起动不动就想说倒一大片的人更安详。

不要以为有了这个就会有那个。不要以为有了名声就有了信誉。不要以为有了成就就有了幸福。不要以为有了权力就有了威望。不要以为这件事做好了下一件事也一定做得好。

有人崇拜名牌，有人更喜欢挑剔名牌。有人承认成就，更有人因为旁人的成就而虎视眈眈。有人渴望权力，也有无数只眼睛盯着你对权力的运用。一个成功可以带来一连串成功，也可以因为你的狂妄恣肆而大败特败。没有这一面的道理，只有那一面的道理，就没有戏看了。

安详属于强者，骄躁流露幼稚。安详属于智者，气急败坏显得可笑。安详属于有信心者，大吵大闹暴露了他其实没有多少底气。

安详也有被破坏的时候，喜怒哀乐都是人之常情。问题是，喜完了怒完了哀完了乐完了能不能及时回到安详状态上来。如果动不动就闹腾，动不动就要拽住每一个人，论述自己的正确，如果要求自己的配偶自己的孩子自己的下属无休无止地夸赞是多么多么地好，如果看到花没有按自己的意愿开没有按自己要求的尺寸长就伤心顿足，您应该寻求心理医生的帮助。

安详方能静观。观察方能判断。明断方能行动。有条有理，不慌不乱，如烹小鲜，庶几可以谈学问矣。

童年常听到一句俗话，形容一个人气急败坏为“急得抓蝎子”。如果您对，急什么？如果您差劲，越急越没有用。动不动摆出一副抓蝎子的样子，以为这种样子可以动人唬人，实属可叹可恶。《红楼梦》里的赵姨娘就是个动辄“抓蝎子”的人，我要以她为戒。一个人的能力有大小，至少不必自己活得那么痛苦，也给旁人带来那么多不快。

1992年

单　纯

要求自己单纯的人是严肃的，或是天真的，或是神圣的。

要求旁人单纯的人是幻想的，峻厉的，或是暴烈可怕的。

早在近四十年以前，我在《组织部来了个年轻人》中写道："一个布尔什维克，经验要丰富，但是心要单纯。"当时的我对这句话充满了自我欣赏。

为什么欣赏单纯呢？有感于人际关系中的钩心斗角，大事业中的个人利益动机（如那个时候我特别不习惯听旁人议论级别待遇），某些言行不一现象的存在，各种不纯的思想意识……我常常苦恼。我常常想，如果人人都永远保持着他加入共青团时候或是加入地下共产党时候的激情与理想该有多好！

现在不然了。我仍然喜欢相对比较单纯的心，但是单纯也要单纯得清楚，单纯得有分量，单纯得有余力。不能只靠单纯，不能只靠纯洁，不能只靠烈性，不能只靠勇敢。如果讲单纯，有人会说50年代的青年不单纯不烈性不勇敢。后来呢？

单纯常常和天真联系在一起。而人不能一味天真，该长大就要长大，该成熟就要成熟。过了天真烂漫的年龄，还是一味地天真烂漫，不可爱更没有用处。

世界是复杂的，即使复杂得那样不尽如人意，他也无法不承认它的复杂。以单纯去驾驭复杂有时候显得太不够用，有时候迷路上当，有时候被远远不单纯的势力所用。让我们想一想近百年来我国的单纯的一代又一代青年人的命运吧。

智慧不是不单纯，但也不是那么单纯。经验不是不单纯，但也不是那么单纯。成熟不是不单纯，但也不是那么单纯。

希特勒的优秀民族理论也要求民族结构的纯洁，所以，我们很传神地、兼顾意译与音译地把他的党徒称为纳粹。

理想主义是不能没有的。没有一点理想我们就成了蛆虫，成了猪。但是对天堂的理想也可以把人们驱赶到地狱里，这是我积半个世纪所获得的宝贵经验。

再者，天堂并非纯洁得像真空一样。那样纯洁的天堂，我以为，当如地狱。

道德的纯洁性、感情——例如爱情——的纯洁性、空气和饮用水的纯洁性，这可能是可取的或者宝贵的。但是不能把类似的口号扩大开去，用来解决复杂得多得多的问题。再说，最清洁的空气不是纯氧。

1995 年 7 月

善　良

“善良”似乎是一个早就过了时的字眼。在生存竞争中，在阶级斗争中，在各种各样的人际关系中，利益原则与实力原则似乎早已代替了道德原则。

我们当然也知道某些情况下一味善良的不足恃。我们听过不少关于善良即愚蠢的寓言故事。东郭先生、农夫与蛇，善良的农夫与东郭先生是多么可笑呀。故事告诉我们，如果你的对象是狼或者蛇，善良就是自取灭亡，善良就是死了活该，善良就是帮助恶狼或是毒蛇，善良就是白痴。

但我们也不妨想一想，那些需要帮助的人当中，那些等待着向他们伸出善良的援助之手的冻僵者或重伤者当中，有多大比例是毒蛇或者恶狼。我们还要问，宇宙万物中，有多大比例是毒蛇和恶狼？为了有限的毒蛇和恶狼而不惜将一切视为毒蛇和恶狼，不惜以对付毒蛇与恶狼的法则为自己的圭臬，请问这是一种什么疾病？

我们还可以问一下，我们以对待毒蛇和恶狼的态度对待过的那些倒霉蛋当中，又有多少人是经得住时间考验的当真的毒蛇和恶狼？

如果说，面对毒蛇和恶狼而一味善良便是糊涂的农夫或东郭先生；那么面对并非毒蛇或恶狼的人却是坚决以对待毒蛇或恶狼的态度对待之，我们成了什么呢？是不是我们自己有点向蛇或狼靠拢呢？

善良与凶恶相对的时候，前者显得多么稚弱而后者显得是多么强大呀。凶恶会毫不犹豫地向善良施出毒手，而善良却处于不设防乃至不抵抗的地位。凶恶是无所不为的，凶恶因而拥有各种各样的武器。而善良是有所不为的，善良的武器比凶恶少得多。善良常常败在凶恶手下。

然而人们还是喜欢善良，欢迎善良，向往善良。善良才有幸福，善良才能和平愉快地彼此相处，善良才能把精力集中在建设性的有意义的事情上，善良才能摆脱没完没了的恶斗与自我消耗，善良才能实现健康的起码是正常的局面，善良才能天下太平。

这就是善良的力量。善良的力量就在于它是人的。它属于人，它属于历史属于文明属于理性属于科学。它属于更文明更高尚更发展得良好的人。它属于更文明更民主更发展更富强的社会。

凶恶每“战胜”一次善良就把自己压缩了一次，因为它宣告了自己的丑恶。善良每败于凶恶一次，就把自己弘扬了一次，因为它宣扬了自己的光明。

善良也是一种智慧，一种远见，一种自信，一种精神力量，一种精神的平安，一种以逸待劳的沉稳，一种文化，一种快乐，一种乐观。

善良可以与天真也可以与成熟的超拔联系在一起。多数情况下善良之不为恶非不能也，是不为也。善良的人不是不会自卫和抗争，只是不滥用这种“正当防卫”的权利罢了。事情往往是这样：小孩子是善良的，真正参透了人生与世界的强大的人也是善良的，而一瓶子不满半瓶子晃荡的人最不善良。

君子坦荡荡，小人长戚戚。恶人更是常常四面楚歌，如临大敌，其鸣也凄厉，其行也荒唐，其和也寡，其心也惶惶。而善良者微笑着面对现实，永远不丧失对于世界和人类、祖国、友人、理想的信心。

我喜欢善良。我不喜欢凶恶。我认为即使自以为是百分之百地代表着真理和正义，也不应该滥恶。滥恶本身就不是正义了。我相信，国人终归会愈来愈善良而不是相反。

1995 年 1 月

无　为

一位编辑小姐要我写下一句对我有启迪的话。我想到了两个字，只有两个字：无为。

我不是从纯消极的意思上理解这两个字的。无为，不是什么事情也不做，而是不做那些愚蠢的、无效的、无益的、无意义的，乃至无趣无味无聊，而且有害有伤有损有愧的事。人一生要做许多事，人一天也要做许多事，做一点有价值有意义的事并不难，难的是不做那些不该做的事。比如说自己做出点成绩并不难，难的是绝不嫉妒旁人的成绩。还比如说不搞（无谓的）争执，还有庸人自扰的得得失失，还有自说自话的自吹自擂，还有咋咋呼呼的装腔作势，还有只能说服自己的自我论证，还有小圈子里的叽叽喳喳，还有连篇累牍的空话虚话，还有不信任人的包办代替其实是包而不办、代而不替，还有许多许多的根本实现不了的一厢情愿及为这种一厢情愿而付出的巨大的精力和活动。无为，就是不干这样的事。无为就是力戒虚妄，力戒焦虑，力戒急躁，力戒脱离客观规律、客观实际，也力戒形式主义。无为就是把有限的精力时间节省下来，这样才可能做一点事，也就是有为。有所不为才能有所为，无为方可与之语献身。

无为是效率原则、事务原则、节约原则，无为是有为的第一前提条件。无为又是养生原则、快乐原则，只有无为才能不自寻烦恼。无为更是道德原则，道德的要义在于有所不为而不是无所不为。这样，才能使自己脱离低级趣味，脱离鸡毛蒜皮，尤其是脱离蝇营狗苟。

无为是一种境界。无为是一种自卫自尊。无为是一种信心，对自己，对别人，对事业，对历史。无为是一种哲人的喜悦。无为是一种对主动的保持。无为是一种豁达的耐性。无为是一种聪明。无为是一种清明而沉稳的幽默。无为也是一种风格呢。

1992 年

凝　思

我喜欢凝视，我以为凝视也许能带来长久的温习。

也许是永远的记忆。

一朵莲花，纯洁得动人；一池水，温柔无语。荷叶平静豁达，饱经世事却仍然孩子般坦诚，全无遮蔽。水面上的游虫，很有章法地蠕动着肢体，我行我素地有趣。

古老的青蛙，以漠然的平静思考着。

石桥石坊，青白方整，玲珑如戏。回廊九曲，如柱脱膝，犹有没有你我时的字迹。好柔媚的字啊，如舞女的身体。

不要走，不要改变地位，就这样看一眼，再看一眼，看一个小时，再看一个小时。我不要别的角度，我不要别的景致，我不要重叠和淡化，只要这一个景，这一幅画永远保留在我的心里。

我只希望，分手之后，告别之后，我仍然能想起你，想起便如见的清晰。

已经起身了，还要回头，还要回眸，还要再一次地看你，记你，得到你。

……而这一切都失算了。回忆没有清晰，冥想没有清晰，内观照没有清晰。凝视是不会被忘却的，凝视是不会被记住的。既没有永久的凝视，也没有永久的清晰。

已经记不起形状的莲花，别来无恙吗？

顺着简陋的、摇摇晃晃的木梯下去，是湖。被树木围绕的，说小也不小的湖。

隔着客厅的玻璃门，欣赏湖水的平静。

走到水边，却有一点晕眩。些微的涟漪里似乎蕴藏着点气势，蕴藏着不安，也许是蕴藏着什么凶险。

一条木船，绑在木桩上。木船上堆满了落叶。木船好像从来没有离过木桩。

没有扶手的梯子上也堆满了落叶，甚至在夏天。有很多树，很多风和雨，却没有很多闲暇。对于一条木船，这湖毋宁说是太空旷了。

这也就够了，当闲谈起来，当得到了什么消息或者一直没有得到什么消息的时候，便说，或者说也没有说，那里有一个湖，梯上的落叶许久没有扫过。

一座豪华的、由跨国公司经营的旅馆。旋转的玻璃门上映射着一个个疲倦地微笑着的面孔。长长的彬彬有礼的服务台。绿色的阔叶。酒吧的滴水池。电梯门前压得很低的绅士与淑女的谈话声。

电梯到了自己的楼层，微笑地告诉陌生人，陌生地看着自己的同伴。走进属于自己的小鸽笼。

舒适，低小，温暖，床与座椅，壁毯与地毯，窗帘与灯罩，以及写字台上的服务卡的封面，都是那样地细腻柔软。

这细腻和柔软令一个饱经挫折的灵魂觉得疏离。这是我吗？是我来到了这样一个房间？

顺手打开床头的闭路音响，有六套随时可以选择旋转的开关。这是爵士？这是古典？这是摇滚？这是霹雳？这是迪斯科？这是甲壳虫？

都一样，都一样。一样的狂热，一样的疲倦，一样的文质彬彬，一样的遥远。

一样的傻乎乎的打击乐，傻乎乎的青年男女在那里吼叫在那里哭，在那里发泄永无止息永无安慰的对于爱情的焦渴。

闭路音响，如一个张开嘴巴的、冒火的喉咙。它随着我的按钮而来到我的面前，向我诉说，向我乞讨，向我寻求安慰和同情。

我怎么办呢？

我打开写着“迷你酒吧”的小冰箱，斟满一杯金黄醉人的鲜橙汁。我的口腔和食管感到了一股细细的清。而你的凉喉咙仍然在冒火。

我按下键钮，把你驱走。安静了。嗅得见淡淡的雅香。但我分明知道，我虽然驱走了你，你仍然在哭，在唱，在乞讨，只是你不得进我的房间。你不得一时的安宁。

我不准你进我的房间。你乖乖地站在门外，不敢敲门。你真可怜。

我又按了键钮，果然，你唱得更加凄迷嘶哑痴诚，我哭了，我不能，一点也不能帮助你。

如果我能够安慰你，如果我能够拯救你——只怕是，我只能和你一起毁弃。

那天早晨我匆匆地走了，会见，愉快地交谈，即席演说，祝酒，题字，闪光灯一闪一闪。夜深了，夜很深了我才回到这温适的小鸽子笼。

你还在唱着。

你已经唱了一天和多半夜，我出门的时候忘记了消除你，就这样将你的动情的声音遗留到鸽笼里。没有人听，甚至连打扫卫生和取小费的女服务员也没有理睬你。而你一刻不停、一丝不苟、一点热情不减地唱着叫着，寂寞着与破碎着。

天天如此，也许还要唱四百年。

下了小飞机就进了绿颜色的汽车，汽车停在一座两层建筑门前。

我被引进了一个宽大的、铺着猩红地毯的房间。长着红扑扑的脸蛋儿，穿着笔挺的灰呢裤的女服务员端来了暖水瓶和一包香烟，她的一大串钥匙叮叮咚咚地响。

你吃七块、五块、三块一天的标准。

我点点头，她去了，我听到了一声鸡啼。

什么？又一声鸡啼。不但有雄鸡的喔喔而且有雌鸡的咕咕嗒，而且有远的与近的狗叫，叫在摇荡着的白杨树叶窗影里。

已经许久没有听到鸡鸣狗吠了。就那么疏远地高级了吗？

走出去六十步，便是尘土飞扬的市街。我蹲下来，观看正在出卖的多灰的葵花子、烟草、杏仁、葡萄干、被绑缚的活鸡活鸭、用木板盖着的碗装酸奶油、龚雪与杨在葆的照片、拆散零根卖的凤凰香烟。

我买了两角钱的瓜子，吃下去，像当地人那样，不吐皮，葵花子空壳附着在唇边。

经过了漫长的冬季，似乎很难看出冰块是怎样融化的。一直是坚硬如石的冰面，车轮和人足都在上面轧。待你注意到，已是一泓春水。

突然出现了春水，出现了摇曳的水光阳光，映照在桥墩上，映照在栏杆上，映照在同样摇曳的新发的柳条上。

映照在脸上心上。感动得翻搅得不知怎样才好，如水的空阔、无定、欲暖还冷、混浊复又清明。还没有荷梗，还没有水草，还没有蝌蚪浮萍。是刚刚的流动，昨天还坚硬冰冷，然而已经流动了。

是希冀和期待，是祝福。

第一次见到你，就是这样的，在春水之上，在古老的街坊下面，你含笑走来，走进我的期待里。

我提醒你，我们那么早就见面了。你说是的，我却老觉得你也许没有记得那样仔细。

常常说起这冰雪融化的时刻，后来为它规定了日子。后来，又觉得，又想又认为也许相会得早得多。那次火炬晚会，那次纪念冼星海，那次城区和郊外，那次雨后捉蜻蜓和夏夜寻找萤火虫的时刻，已经在一起。

玩水（蜗）牛的时候，唱的童谣也是一样的。一定是一起唱过。经历了许多岁月，互相寻找直至今日。

这间小土屋与其说是砌成打成的，不如说是捏成的。

就是老妈妈用那衰弱而辛劳的手歪歪斜斜地捏成的。

门缝可以容进三个拳头。春天，燕子在室内做了巢，就从这门缝飞出飞进，带大了小燕子。

冬天可要了命，风雪放肆地涌进来，用破毡子、棉絮、旧衣服堵了又堵仍然堵不住，冷得刺骨。

而且无论如何烟不从烟囱里走，先燎了一个小时，燎得小屋变成了杀人的毒气室。又在六级风中登上了矮矮的房顶，往烟囱里浇了三铁桶水，说是可以压掉凝结在烟囱里的冰气柱，能够使烟道畅通。

后来有了一点火，有了许多烟许多冷。

就这样烤了火，相依偎着睡下，牙齿打着战，在战乱中感到了幸运，幸福。

多雨的夏季，冷得发抖。汽车在大雨中抛了锚，虽然是外国的公路外国的名牌被我们视为至高的无上权威，然而，说是车又坏了，无法修理。

司机的脸上没有表情。健壮的导游小姐流了泪。

鬼使神差地走进一家汽车旅店的餐厅，餐厅里布满了动物标本。正墙上是黑色的多毛的牛头，两只巨大的角威严如恶魔。侧墙上是一只鹰和两只山雉几只斑鸠，全都在展翅飞翔，全都永远地用一个姿势飞在无名小餐厅里。

而且有壁炉，跳动的火焰诉说着展翅不飞的痛苦。

于是便说笑起来，喝杜松子酒和兑白兰地的南非咖啡。情绪愈是恶劣，笑话便成连珠妙语。

走上这个山包，便看到了大海和对岸的城市。

看到巨大的钢铁的桥，桥上的蚂蚁一样多的汽车。看见船舶。

看见对岸城市的潇洒的各色摩天楼屋顶。看见飞机在城市上空飞，飞得比大楼低，你真担心那太长的机翼。

而更多的时候看到的只有雾。不知道是凭记忆经验凭想象还是凭超敏锐的眼球，你对着雾说：桥、楼、车、真美、城市。

见到来到这样的城市愈多，在城市跑来跑去活动得愈多便愈容易淡忘。这一团雾却永远忘不了了。

有一首歌《啊，我的雾》，是来自一个与我们很相像又很不同的国家的，唱的是游击队出征。

我走进一座辉煌的建筑，像殿宇，像旅馆，像塔，像纪念碑。

地上铺着大理石。墙上挂着壁毯。所有的陈设都是艺术都是古玩。室内的绿化，乔木和灌木和花草比室外还要丰富自然。一切设备得心应手。你可以把自己弹射到任何一个空间，你可以指令任何的风光服务出现。服务是这样尊敬和体贴，使你一经接触便觉得一生一世再不能失去。

没有冲撞，没有差失，没有任何含糊和疑惑，一切要多好就有多好，要多顺心就有多顺心。

然而空荡荡的。空荡荡得怕人。

宁可回家去挤公共汽车。下雨的时候车窗也不关闭。淋湿了所有的鼻子。

1987 年 1 月

不设防

我有三枚闲章："无为而治""逍遥""不设防"。"无为"与"逍遥"都写过了，现在说一说"不设防"。

不设防的核心一是光明坦荡，二是不怕暴露自己的弱点。

为什么不设防？因为没有设防的必要。无害人之心，无苟且之意，无不轨之念，无非礼之思，防什么？谁能奈这样的不设防者何？

我的毛笔字写得很差，但仍有人要我题字。我最喜欢题的自撰箴言乃是"大道无术"四字。鬼机灵毕竟是小机灵，小手段只能收效于一时，小团体只能鼓噪一阵，只有大道，客观规律之道，历史发展之道，为文为人之道，才能真正解决问题。设防，只是小术，雕虫小技。靠小术占小利，最终贻笑大方。设防就要装腔作势，言行不一，当场出丑，露出尾巴，徒留笑柄。设防就要戴上假面，拒真正的友人于千里之外，终于不伦不类，孤家寡人。

不怕暴露自己的缺点，乃至敢于自嘲，意味着清醒更意味着自信，意味着活泼更意味着真诚。缺点就缺点，弱点就弱点，不想唬人，不想骗人，亲切待人，因诚得诚。不为自己的形象而操心，不为别人的风言风语而气怒，不动不动就拉出自己来，往自己脸上贴金。自吹自擂，自哀自叹，自急自闹，都是一无所长毫无自信的结果，实在让人笑话。

从另一方面来说，不设防是最好的保护。亲切和坦荡，千千万万读者和友人的了解与支持，上下左右内外的了解与支持，这不是比马其诺防线更加攻不破的防线吗？

之所以不设防，还有一个也许是最重要的最根本的原因：我们没有时间。比起为个人设防来说，我们有更多得多、更有意义得多的事情要去做。把事情做好，这也是更好的防御和进攻——对于那些专门干扰别人做事的人。

因为不设防，是不是也有吃亏的时候，也有让不怀好意的小人得逞——乱抓辫子乱扣帽子——的时候呢？

当然有。然而，从长远来说，得大于失，虽失犹得。不设防仍然是我的始终不悔的信条。

1992 年

第三辑

人生总要有所珍视和眷恋

生命的“意义原则”

我想谈一下意义原则，就是说我们的一生，我们的每一天每一刻应该尽可能地过得有意义些。什么叫意义？意义与目标不可分。你的目标是争取当上世界冠军，那么你的一切刻苦训练都是有意义的。你的目标只是一般的健身和娱乐，训练方法要求上就与专业运动员有许多不同。具体的微观的意义比较没有太多争议，例如每天刷牙，对于洁齿是有意义的，而洁齿几乎是没有争议的。至今我还不知道有什么党派学派坚持牙齿愈脏愈好。但即使刷牙也不是全无争议，有一种主张认为现今的刷牙方式于牙齿无益，有益的方法应该是使用牙线剔牙。每天要用餐，吃的东西应该讲卫生讲营养也争议不大，但也有争议，如有的人认为非吃野生动物珍稀动物以及一些稀奇古怪的东西才能“大补”。愈是愚昧无知的地方愈会有一些匪夷所思的饮食习惯。我们的气功里也有练“辟谷”的，对此我实在无法接受，但又想它大概客观上是一种减肥的中国特色的方式和说法。原来，一切意义都几乎是有争议的，争议并不妨碍我们认为它有意义，也不妨碍我们去做我们认为大致有意义的事。例如，未必有哪个人因了意义之争而停止刷牙，也未必有哪个人因了饮食习惯的不一或对于辟谷的认识之争而长期停止吃饭。

愈是谈到大的问题包容一切的问题就愈是难以讲座和取得一致的意见。谈到人生的终极目的就不能仅仅用常识来解答疑惑了。与无限长远的永恒与无限辽阔的宇宙相比较，人类特别是人类个体就渺小得可以不计了。是的，当分母是无限大的时候，与之相比的人也好蚁也好菌也好，或者地球也好太阳系也好一个与几个银河系也好，蜉蝣之一朝一夕也好，人之不满百年也好，古柏之五千岁也好，都是同样地几乎没有区别地趋向于零，趋向于可以略而不计。从这个意义上来说，也许论述人生的无意义有它的合理的一面，也许论述时间与空间的无限与人生的短促有助于使人的心胸开阔气象宏大，也许这种念天地之悠悠独怆然而涕下的心绪带几分终极眷顾的宗教色彩，也许一种空渺无边乘扶摇遨游九万里九万光年的感觉能使你成为哲人诗人政治家思想家直到苦行僧和传教士。但这只是思想运动的一个向度，从有限走向无限，从现实走向茫茫，从形而下走向形而上。但是同时，这里有另一个向度，就是说在无限的永恒与宇宙之中，你的目光投向任何一个点一个面一个体，都是具体的、相对的、真实的、充满活气的、多彩多姿与意义分明的。中国唐朝有唐朝的气象和追求，英国维多利亚时代有维多利亚时代的奋斗与光辉，无限之气已是无限，不在于它是零的集合体，而在于它是无数个有限，无数个相对的长远与阔大、诚实与进步、创造与发明的积累与延伸。鹦鹉学舌似的学着现代后现代的口吻讲一点颓废。聊备一格或者提供一种基本上是想象的消极的人生图画以供参照思考或谓并无不可，然而是当不得真的。欧美哲学家文学家大讲人生的虚无也许是可以理解的，他们有强大的基督教传统神学传统与神学基础，他们从虚无中坠下，基督和圣母在那里接着，从空虚中跌下的人们至少可以掉到宗教和神学那里，他们讲的虚无还有体制上的意识形态上的自由主义保证，你讲你的搞你的虚无我抓我的效率和最大利润，你讲你的搞你的反战我搞我的导弹计划，你搞你的绿党我当我的总统总理轰炸我的科索沃。在几万几十万或者更多的能人讲怎么样改进电脑怎么样赚钱怎么样做爱怎么样争取同性恋者的权益的同时，有几个教授讲人生的终极的虚无确实显得卓尔不群、振聋发聩、如沐冰雪、当头棒喝，如给热昏者调一个薄荷冰激凌，使陷入物质欲望永无超度之日的人们关心一下自己的灵魂自己的价值系统自己的良心自己的噩梦。但是在我们这里，在一个还有大面积的人口没有或刚刚解决温饱问题的地方，在一个忙于迎战春天的沙尘暴夏天的洪水加干旱还有不分季节的假冒伪劣的十二亿神州，舶来的虚无主义颓废主义也许只能造就出信口开河的牛皮大王来。

好了，让我们暂时把时髦的虚无主义颓废主义请到一边。真理总是具体的，虽然我不反对抽象思维的享受也不反对抽象真理，如果您老能拿得出来点新鲜货色的话。至少我们应该承认真理的具体性，承认真理与一定的时空条件的联系。那么意义也从来是具体的，因为人生是具体的。我们也许有能力想象亿万斯年后的与亿万光年远的世界，却难以有能力思考我们的意义对于无限大无限远的时间与空间意味着什么。如果不是与终极比较，而是将一个贩毒犯与一个种子专家比较，将一个清廉的公务员与一个因贪污受贿而被处以极刑的腐败分子比较，也许意义的问题并不神秘，也许意义在各有选择各有侧重难以划一的同时，也有它的许多可供参考的共同或大体类似的价值标准。小而至于良好的生活习惯待人接物，大而至于学习工作事业方向，我们可以选择更有意义的事去做和多做，而少做无意义的事。

做一次明朗的航行

人生好像一只船，世界好像大海。人自身好像是驾船的舵手，历史的倾斜与时代的选择好像时而变化着走向的水流与或大或小的风。

人生又像是一条水流，历史就像是融合了许多许多水流的大江。你无法离开大江，但你又发现大江里布满了礁石，江上或有狂风，江水流着流着会出现急剧的转弯、急剧的下降和攀升，以及歧路和迷宫。

人生又像是一条长路，也许在它快要结束的时候你又发现它其实是那么短。你莫知就里地被抛在了路上。你不可能停下来，于是你蹒跚地走着，你渴望走上坦途，走上峰巅，走进乐园，走进快乐、成功、幸福或者至少是平安的驿站直到理想的家园。然而，你也许终其一生没有得到一天心安。

人与人的命运是怎样地不同啊！这里所说的命运，既包括主观条件即你作为一个单独的个体的一切特点一切认识和态度，也包含生存环境，即你所处的时间与空间的坐标，你的有时是无可避免有时则十分偶然的际遇。正像俗话所说的那样，人的能力有大小，人的遭际有偶然即凭运气的可能，人的地位有高低，人的财富有贫富，人的寿命有长短，人的体格有强弱，人的社会环境与自然环境有优劣、美丑、公正与极不公正之分。人比人气死人，人比人该有多少不平，多少愤懑，多少怨毒和痛苦！

痛苦也罢，怨毒也罢，只要还活着，谁不希望自己的命运能更好些，更更好些呢？谁不愿意知道并且实行自己对于自己的命运的积极影响乃至把命运之舵掌握在自己的手里呢？

有时你又觉得人生像是一个摸彩的游戏，别人常常是幸运者，他们摸到了天生超常的禀赋与资质、优越的家庭背景、天上掉下来的机会以及来自四面八方的援助之手，而你摸到的可能只是才质平庸或怀才不遇、零起点、误解、冤屈和来自四面八方的嫉妒、打击乃至于阴谋和陷害。

作为一个年近七旬的写过点文字也见过点世面的正在老去的人，我能给你们一点忠告、一点经验、一点建议吗？

也许谈不到什么经验和忠告，但我至少可以抱一点希望、一点意愿，我希望有更多的人能生活得更明朗一些。明朗，这是什么意思呢？就是说成就有大小，际遇有顺逆，但能不能生活得更坦然、更清爽、更光明、更健康也更快乐一点？只要一点。

作为写过小说也写过诗的人，我知道各种对于愤怒、忧愁、痛苦、矛盾、疯狂乃至自毁自弃自戕自尽的宣扬与赞美。我熟知“先天下之忧而忧，后天下之乐而乐”“愤怒出诗人”“知识分子的使命是批判”“智慧的痛苦”“痛苦使人升华”“我以我血荐轩辕”“生老病死”“我不入地狱谁入地狱”“地狱未空，誓不成佛”以及“文章憎命达”“从来才命两相妨”之类的名言。我无意提倡乃至教授廉价的近于白痴式的奉命快乐。我所说的快乐、健康、坦然、清爽与光明，不是简单地做到如老子所说的“复归于婴儿”，而是另一种超越，另一种飞跃，另一种人生境界：是承担一切忧患与痛苦之后的清明；是历尽至少是遭遇一切坎坷和艰险的踏实；是不仅仅能够咀嚼而且能够消化的对于一切人生苦难的承受与面对一切人生困厄的自信；是把一切责任一切使命一切批判和奋斗视为日常生活的平常平淡平凡；是九死而未悔、百折而不挠的视险如归，赴难如归，水里火里如履平地；是背得起十字架也放得下自怨自艾自恋自怜的怪圈的大气；是不单单拥有智慧的煎熬和困惑的痛苦，而且拥有智慧的澄澈与分明的欢喜，从而是更包容更深了一层的智慧；是大雅若俗大洋若土大不凡如常人，从而与一切浮躁，与一切大言哄哄乃至欺世盗名，与一切神经兮兮的自私、小气的装腔作势远离开来。

驾驶着你的人生之船，做一次明朗的航行吧。

驾驶着你的人生之船，使你的航行更加明朗一些吧。

让智慧和光明，让光明的智慧与智慧的光明永远陪伴着人的生活吧。

永远与智慧和光明为伍，永远与愚昧和阴暗脱离，这是可能的吗？

这就是本文所要讨论的。

在宇宙隧道里前行的智慧之灯

即使是最最抽象的哲学与数学的论述，也体现了智慧的魅力和光辉。智慧有一种自信，有一种雄心，有一种光明，它不承认黑暗，不承认失败，不承认混乱和无序，理性在宇宙的隧道里按部就班地前行，一步一个脚印，理性顽强地伸展着自身，拨开重重迷雾，打破层层坚冰，照亮了这一部分，又照亮那一部分，在哲学原理数学原理后边你会发现怎样的智慧与深沉勇敢与坚韧，还有是怎样的和谐与完满的美！

人生是有许多快乐的，智慧的运用与智慧的胜利，人生之至乐，人性之至喜。当你冥思苦想人生的一个问题，翻译上的一个问题，一道数学证明或作图题，当你做了几十几百次实验都没有取得你坚信必然会取得的那个成果的时候，四顾茫茫，杳无踪迹，上下求索，左右碰壁，奔突疲惫，几近绝望。突然，你好像得到了一点启发，这启发并非直接，这由头并非针对，然而你听到了一声佛音，你看见了一泓水洼，你闻到了一股香气，你打了一个喷嚏，有个影子在你眼前一闪，有块云彩在你头上的天空一现，你忽然明白了，你忽然换过了思路，你似乎找到了另一条大路，你才知道，你上来就弄错了，你误导了你自己，你走进了死胡同。“苦海无边，回头是岸”，起死回生，转悲为喜，全在一念，一阵灵光照亮了你的周围，一条明路出现在你的面前，八面来风，春雨滋润，九重宫阙，豁然贯通，一通百通，一顺百顺，天光明艳，智光如电，于是得心应手，俯拾即是，势如破竹，气如长虹，潇洒飞扬，意气风发，浑然一体，无不了悟，这是何等地快乐！

我还要说，智慧并且是一种美，智慧的品格是清明，是从容，是犀利，是周到，是轻松——举重若轻；又是严肃，是用心，是含蓄，是谦逊，是永远的微笑，是无言的矜持，是君临的自信，是白云的舒适与秋水的澄净，是绝对的不可战胜、不可屈服。学识也是一种美，学识是高山，是大海，是天空和大地，是包容，是鲲鹏和参天的大树，是弥漫无边的风，是青草和花朵，是永远的郁郁葱葱，是永远唱不完的歌。爱惜智慧和学识的美丽吧，虽然愚蠢永远仇视智慧，无知永远仇视有知，不学无术永远仇视学而有识，不明事理永远仇视读书明理。还是让智慧者爱学习者原谅并且帮助那些愚蠢无知而又自以为有两下子的可怜虫多多少少地聪明一些再聪明一些，让仇视智慧的愚人们终于服膺于智慧的光辉之下吧。

人在境遇中的主动性美德

不论处于什么情况下，下列美德是值得赞美的：

第一，清醒。能看到事物的各个方面各种可能，各种不同的道理产生的依据，共存的现状，与相反相成互悖互补的关系。保持适度的超脱，保持一点观察的距离，保持非情绪化与非个人利害化的客观与全面，这些都有助于保持清醒。拒绝造势，拒绝连蒙带唬带恐吓，拒绝用人多势众代替思考和检验。

第二，思量。从不同的角度、不同的线路反复思考一个又一个重要的问题。可以从结论来推前提，也可以从前提推算后果。可以逆向旁向论证，即为了论证必须如何，先论证如果不如何中成为另一种如何将会怎样。可以考虑一万，即正常情况下的必然性可预见性，也可以斟酌万一，即不可预见性与破例的可能，极小的可能，变异的可能，偶然的可能。为了闹清 A 是不是等于 B，可以先弄清 A 与 B 各自与 CDEFG 直到 X 的关系，再研究 CDE 与 VWX 的关系。也可以先考察绝对不等于 A 的 Z 与 B 的比较。顺着，倒着，逆着，增加着，减少着，变动着，都是你思量的方法。

第三，达观或者豁达。情感状态与人生态度息息相关，而这又是有传染性的。一张快乐善良的面孔会唤醒与换来无数旁人的快乐与善良，而一双恶狠狠的狼眼，必然会引起警惕与躲避。无理搅三分的不吃亏，可能由于旁人的避让而动辄“取胜”——自以为得计，但最终他或她失去的仍然比得到的多，他或她引起的只能是厌恶与轻蔑。而这样的人才是最可爱的：

（1）不愉快的没有意义的事，尽快忘记。

（2）小小不言的挫折不存盘。

（3）从一切挫折中学乖，长出息。

（4）随时看到希望，看到新的可能性。

（5）相信自己有许多友人，如果今天确实还没有，明天一定会有。

（6）相信对立面中的人也会转化，如果今天还死缠着你，明天就会有点变化。

（7）相信时间，时间对善良有利，对智慧和光明有利，对阴谋不利，对狭隘不利。

（8）把握住自己，任凭风浪起，稳坐不需要船。

（9）相信什么难题都有解开的那一天，今天你无法办的事明天就会有办法，宇宙有办法，光阴有办法，历史有办法。你的天大的危难对于历史来说，连小菜一碟都谈不上。

（10）相信事物多半有不止一种解决的办法，相信选择的可能性，变通的可能性，也有时是不了了之的可能性，进入自由王国而不是必然的王国。

（11）相信自己有很多有意义的事等待去做，自己很忙，自己没工夫唉声叹气自怨自嗟咀嚼痛苦奉陪纠纷。

（12）相信挫折是不可避免的，不挫折在这里就挫折在那里。得失也是大致平衡的，不失在这里就失在那里，这里失了，那里会得，这里得了，那里会失。这里的挫折提醒你防备了那里的更大的危险，所谓破财可以免灾，小病可以免掉大灾。这里的小失也许同时准备着那里的大得，那里的小失也许准备着这里的大得。

第四，主动性。把命运掌握在自己手里，依天行健，自强不息。关键在于什么情况下都有事干，至少是有科目要学。任何情况下都要找到自己的位置，自己的活计，长进的可能，积累的可能。找不到百分之百的可能就找百分之一的可能或千万分之一的可能，一点点可能也要发挥其作用。而毫不在乎有什么说法，有什么眼神。

第五，乐群、合群。在群体中感到有趣而不是痛苦，三人行必有吾师，而绝非三人行必有吾仇。

第六，适度的矜持。从而有所不为，有所不争，有所不言，有所不问。

第七，情趣。盎然，充沛，丰富多彩，津津有味，勃勃生机，其乐无穷。绝对不是贫乏枯槁，单薄可怜，索然无味，死鱼眼睛，其苦无比。

第八，集中精力，长期不懈，百折不挠，务求做好本来就应该做好也可以做好的一件或几件事。

宽容与疾恶如仇

近年来学术界颇有人提倡宽容，与此相同，也有青年朋友提出拒绝宽容。对此，我的看法如下：

要提倡的宽容是指文化政策层面上。对于文化工作的领导层面上，学术与文艺上不同的思想、观点、风格、流派共存而又相争的层面上，一般宜宽容而不宜苛刻压制。简单地说，为了贯彻“百花齐放、百家争鸣”的方针，对待不同的思想观点流派，在宪法与法律的基础上，应该抱宽容的态度，以保障与学术文化命运攸关的合法的学术自由与创作自由。

宽容的基本依据是基于如下的认识：在学术文化的一系列问题上，人们是不可能一次完成对于真理的认识的，考虑到学术文化问题上见仁见智、多元互补的规律，考虑到对于学术文化的建设与发展是一个长期的、全人类的、历史的、曲折的与逐渐积累的过程，考虑到世界各国特别是我们中国在发展学术昌明文化的正反两方面或多方面的经验，人们愈益认识到，在对待不同的学术文化思潮、观点、流派的时候，还是宽容一点、民主一点为好。

宽容的对立面是文化专制主义、宗派主义、“意识形态领域里的无产阶级专政”等，而不是疾恶如仇的原则性与坚定性。

当然，不能离开学术、艺术思想层面，离开对文化工作的领导与政策掌握层面，泛谈宽容。例如，严打刑事犯罪，不能宽容；立法执法，不能宽容；反腐倡廉，不能宽容；检验商品质量，不能宽容；运动员训练，也不能太宽容；国防、外交、海关，一系列涉及国家主权与利益的事宜，更不能随便宽容。这些都是常识范围以内的不言自明的道理。

有时人们也把宽容引申到为人处世与个人涵养境界方面。作为私德，宽容是褒义词。“大肚能容，容天下难容之事”“宰相肚里能撑船”“有气量”，这都是好话。小肚鸡肠、睚眦必报，则不足取。这里，有气量、宽容云云，指的是要有容人、容言、容事的雅量——这是对古书里所说的“大人”“先生”即对政治家或比较高层次的人物的要求。不能用这个标尺来要求一切人，小人物本来就心比天高而怀才不遇，伸不开胳膊蹬不直腿，再要求他宽容，太不宽容了！

个人修养上的宽容与做事情的严格并不矛盾。做事应该严格，待人应该宽容，律己应该严格而待人应该宽容，这大致是不错的。至于具体事宜，何者宜宽，何者宜严，因人因事因时因地而异。对于挑拨是非、两面三刀、落井下石、陷人于罪、背信弃义的宵小，对于违法乱纪、胡作非为、兴风作浪、不知悔改的恶人，一般不宜讲什么宽容。对于一般人可能有的弱点，如好出风头、抬高自己、维护私利乃至趣味与境界不高等，则不妨宽容一点。毛主席不是也讲过“水至清则无鱼，人至察则无徒”的道理吗？为人处世是一门大学问，这里仅仅谈一个宽容或者不得宽容，都太不够用了。不要幻想用一两个词就可以一抓就灵。

一个纯粹的个人，特别是一个情绪色彩比较浓厚的文人，他强调自己为人处世方面疾恶如仇、绝不宽容一面，是他的权利也是他的个性选择。一个领导者、有影响的大人物，在强调稳定与建设的今天，就不宜讲得太峻急，正如不宜讲得太宽大无边。愈是正常情势下，愈是要多讲一点宽容，而在突发事件的情势下，如外敌入侵、自然灾害等，则应该强调事物的严峻方面，不能一味宽容下去。就是说，在宽容不宽容的问题上有常例也有变体，运用合宜，全在经验、修养、境界与智慧，用不着绝对化。

即使在应该宽容的层面上，宽容也不是绝对的与万能的，正像在坚持原则的问题上，在尖锐对立的问题上，坚持斗争与眼牙必还也不是绝对的。对敌斗争中也不无妥协，争鸣讨论也可能搞得十分尖锐，这又是问题的常识性层面了。该宽则宽，该严则严，这才是正确的，虽然这样讲像是说废话。现在知识界有人讲了一点宽容，绝对没有叫大家都变成老好人、市侩、窝囊废、软骨症患者的意思，更不是为虎作伥之意。为了社会稳定、学术昌明、人尽其才，为了一个更好的人文环境，人啊，在明明可以宽容的层面上，还是不要那么不肯宽容吧。

1995 年 3 月

人生的“第一智慧”与“第一本源”

我愿意特别强调和讨论学习的绝对性。学习对于我是一个绝对的概念。为什么说是绝对的呢？因为第一，它是无条件的，什么条件下都能够学习。有书可以学没有书照样要学。身体好的时候要学，躺在病榻上也要学。一切体验经验都是学习。新体验新经验当然是学习，老体验的重复也是一种学习，温故而知新，所有的“故”里都有你未曾发现的新天地新可能新感受，因为你并不可能两次踏入同一股水流里。

第二，学习是从始至终的，全天候的，是与生俱始，与生俱终的。每个人每天的学习时间是二十四个小时，每周的学习日是七天，没有假期没有休止，甚至睡眠中你仍然在记忆仍然在温习仍然在琢磨仍然在酝酿仍然在苦恼。你的所有的梦境与无梦、香甜的与苦涩的、安稳的与辗转反侧的、满足的与痛苦的睡眠经验都是人生体验的一部分，都能给你以人生的启示，都要求你更清明、更开阔、更高尚、更纯熟、更身心健康，都要求你有更高的人生境界，而这样的境界并不是不经学习就可以一蹴而就的。

第三，学习是一个人的真正看家本领，是人的第一特点第一长处第一智慧第一本源，其他一切都是学习的结果学习的恩泽。一个人正如一个群体，归根结底要有实力，而实力的绝大部分来自学习。本领需要学习，道德修养也需要学习；知识需要学习，机智与灵活反应也需要学习；做贡献做牺牲需要学习，享受生活提高自己的生活质量也需要学习。健康的身心同样是学会了健康生活方式特别是健康的心理活动模式的结果，学习的结果。学习的绝对性与学习的第一性是分不开的。

第四，学习是永远没有完结之日的，一切学习一切教益，都有自己的时间、地点、课题的针对性具体性生命力与局限性。一切知识与判断，都不是永远的与无条件的。人的一切经历，一方面是真实的与清晰的——我并不主张人生如梦——因此是可以确定地把握的；另一方面却又是一时一地一事的，它未必能够代表一切时一切地一切事，而且它是或快或慢正在成为过去成为往事的。人不可能在两次之中踏入同一股水流中去。就是说，你永远会面临新问题，永远不会有百分之百的现成答案。你的判断与知识都是由于其具体性而获得了生命力的，却也是由于其具体性而并非长命百岁、一劳永逸。当代西哲主张科学的特点在于它是可以被证伪的，而不在于它是被证实的。这个见解确实很高明。因为一切科学法则，都是通过多次实验、测试，即用归纳法概括出来的，而即使是一百万次的实验与测试都得到了同样的结果，从理论上说，也并不能排除在第一百万零一次实验或测试中发现新的情况新的数据即证伪原来的结论的可能性。这正是科学的特质。而例如一些神学命题，则是既无法证明也无法证伪的，所以不属于科学范畴。这样一个思路，可以启发我们去体认科学与真理的一个特点、一个品格：寻找与正视已有的一切的不足，寻求对已有的结论的突破，致力于自我批评方能自我完善，永远处于学习的过程中，而绝对不认为真理可以够用可以终结。这将大大开拓我们的视野，突破我们的自满自足与抱残守缺，引导我们进入一个求学求知的新境界。

最后，学习是涵盖一切的。生活即学习，学习即生活，学习即性格，性格的自我认知发扬发挥与自我控制自我完善都是学习。学习即成就，成就即学习，使学到的东西化为成就至少是帮助成就的取得，本身就是一个极好的学习或曰学习，取得了初步的成就并认识仍然存在的不足，以取得下一个更大的成就，当然更是学习。失误后的反省，反省后的弥补的努力，暂时难以弥补状况下的善于等待，最最恶劣情况下的从容镇定，宠辱无惊，这种学习是博士后的研究也未必能够达到的。

尤其重要的，实践即学习，认识即学习，思想即学习。从认识论的意义来说，一切实践都是认识过程的一个不可或缺的部分，故而即学习。而凡是从认识论的意义上把握自己的社会实践活动的，都是善于学习者、有心者，另一个说法就是思想者。能够从实践里获得知识、获得认识，能够将直观的具体的零碎的活动升华为思想境界，这还不是思想者吗？不要以为只有读了一两本最新译著，并做大有思想状的人才有思想，更不要以为只有诞生在某一个特定年代，符合某个生辰八字的人才是思想者。能够从实践中汲取思想、观点、原则和方法的人，难道不是思想者吗？能够从人生的沧桑中获得光明的智慧的人，那才是思想者——至少我们应该同样重视那些有能力把经验与感受概括为升华为思想的人。其实你只要学得稍稍深一点，就会突破死记硬背的层次而进入思想。分析、概括、联想、启发、寻觅、假设，都是思想，至少是思想的初步。我们有时候称赞一个人有思想，或者说他是明心人，便是指他或她善于在实践中思考、判断、总结、分析、探索和综合。一个人的思想，是非常值得赞美的东西，是智慧、清明、用心、明晰、深度和实力的保证，是对于愚昧、迷信、无知、糊涂、浅薄和无能的消除。学也无涯，思也无涯，乐也无涯。不要以为只有那些转新洋名词和港台泾浜的人，端起精英架子来并且怒气冲冲、怨毒唧唧、一脑门子阴影和别人欠他的账单还有糊涂糨糊的人才是思想者。不要以为思想者都是苦大仇深，腰上别着炸弹，讲几句皮毛常识便壮烈得如同进行了自杀式袭击的人。思想不是少数人的特权，不是作秀。爱学习就是爱思想，善学习就是善思想，爱实践并且聪明地而不是糊涂地实践着的人，都是思想者，至少都有可能向着创造性的有价值的思想迈进。

命运的数学公式

这里应该是有一种类似数学的概率定则在起作用。我在一篇小说里曾经谈到，有一个骗人的游戏，我是在北戴河海滨第一次看到的。经营游戏者放四种不同颜色的玻璃球在口袋里，每种颜色的球都是 5 个，然后让人从口袋里摸 10 个球，并规定了不同出球的比例下的不同的奖惩方法。他的规定是摸出来的球是 3322 比例的（即 A、B 两种颜色的球为三，C、D 两种颜色的球为二，或 A、C 三，B、D 二或其他），玩者要罚款 5 元；如果摸出来是 4321 或 3331，玩者罚 2 元；如果摸出来是 4222，为五等奖，奖励一个小海螺或一个钥匙链之类；如果是 4330 或者 4411，为四等奖，奖励一盒进口香烟；如果是 5311，为三等奖，奖励一个机器人玩具；如果是 5410，为二等奖，奖励一条进口香烟；而如果是 5500，为大奖，奖励一台摄像机。表面看来，似乎是得奖的机会多于受罚的机会，而且是免费参加摸奖，只缴罚金，不用“入场券”。于是许多人上当来玩儿这个所谓“免费游戏”。然而我冷眼旁观，十之八九摸出来的都是 3322，十分之一二摸出来的是 4321 或 4330，偶然的有人摸出

4222或4411或4330。至于摸到点5500的从未一见。摸不着奖反而受罚的人大骂自己的手臭，乐坏了设局者。我回家后用扑克牌或麻将牌也试过，同样是十之八九是3322，十之一二是4321或4330。

就是说，一切机会趋向于均等，不是你3，就是我2，不是你4（已经少见），就是我3，独占两个5的可能几乎近于零，独占一个5的事也很难发生。我称之为命运的数学意义上的公正性。这是一个丝毫也不复杂的概率问题，数学家当可为之列出公式。

与此同时，机会又有一种参差性、不相同性、偶然性。如果你放的不是20个球而是24个球，如果你要的不是3322而是3333，你反而得不到成功。3与2是一重参差，一重相互有别，球的颜色又是各自不同，各次不同，形成第二重参差。假设四种球的颜色分别为红黄蓝白，红3蓝3黄2白2是3322，红3黄3蓝2白2也是3322，然后是红白蓝黄、白黄红蓝、白蓝红黄等也都可排成3322，既相同相对公正又不同，变化多端，参差有致，难以捉摸。呜呼，数学之道，大矣！

从中我思索了良久，我想这就是命运，这就是机会，这就是冥冥中的一只手。对于无神论者，命运是数学的公式和规律，数学就是上帝就是主。你想占有一切好运，或者你埋怨一切霉头都降临于你，这就与声称自己总是得到5500一样，不是完全不可能，但机会极少，概率极低。真得到这种点数，就像买彩票中了特等奖，就像坐飞机碰到了空难，谁也挡不住，谁都得认命。想明白了这一点，我们可以少一点怨天尤人，少一点愤愤不平，少一点妒火中烧，少一点含屈抱冤，少一点悲观失望。

当然，这个说法不能用来掩饰生活现实与现行体制上的缺点，甚至于我们可以说，社会问题之所以有时出现恶性癌变，就在于体制上的毛病或特权或不良风气或倒行逆施，使得摸球的游戏脱离了数学概率的公平公正公开轨道，一只恶手企图替代概率与规则来给某些人发全部的球而给另一些人发 0000，或者他们想给谁 5500 就给谁 5500，另外的人让你们自己瞎摸去，其结果必然是奖品超额外流，“局”维持不下去了，只能得到 0000 或 3322 受罚的人众便会起来搅局砸局覆局，天下从此多事了。

这个说法也不能取消个人的奋斗，“天道酬勤”这句话真是不错。只有不断地奋斗不断地摸索，你才能从无数个机会相似的 3322 之中，在不断地支付够罚金之后，最终找到自己需要的彩球。

这个说法的唯一意义便是让人知道，你很难得上 5500，顺利与碰壁，助力与阻力，赏识与误解，侥幸与霉头，弯路与捷径，友谊与敌意，收获与失落……你得到的机会差不多是 3 与 3 与 2 与 2，就是说大致是均衡的。碰到消极的东西，碰到倒霉事情，就好比摸出了你最不喜欢的颜色的球，别急，也许下一个球就是另一种你最喜欢的颜色了。等到好球出现的时候，你准备好了吗？你能够立即让好的球发挥出最积极最有效的作用来吗？机遇的出现一般并不偏爱某个特定的人，许多成功者其实毕生坎坷，他们受到的考验、挑战、磨难其实是多于而不是少于一般人。问题仅仅在于他们没有放弃机遇，没有错过机遇，他们能在机遇到来的时候乃至考验到来的时候，立即表现出他们的能力、品质、决断、意志……从身外之学到身同之学的全部，他们能够在机遇到来的时候显现他们的优势，你也能吗？如果你也能，那么祝贺你，成功和胜利一定属于你！

人生总要有所珍视和眷恋

人生一世，总有个追求，有个盼望，有个让自己珍视，让自己向往，让自己护卫，愿意为之活一遭，乃至愿意为之献身的东西，这就是价值了。

有的人毕其一生，爱情、婚姻、家庭生活很不成功，该人虽然连声咒骂爱情是骗人的鬼话，但仍然表现了他或她对于爱情的价值的体认与重视。之所以咒骂爱情，无非是由于他或她碰到的非其所爱罢了。有的人一辈子献身某种事业，特别是为全民族、为国为民为人类求解放求幸福的事业，他们的一生也是充实的，因为他们知道自己的价值取向。有了目标，有了准绳，有了意义，价值上确定而且充实的人，他们的一生也会是方向确定与内容充实的。

古今中外，有许多文人骚客，悲叹、揭穿，直至诅咒人生的消极面。他们痛心疾首于世界的悲惨，正说明了他们对于幸福和公正的渴求；他们描写背叛、阴谋、虚伪和无耻，正说明了他们对于忠实、光明、真诚和尊严的向往；他们揭开某些人生的虚空、无聊、苍白和暗淡，正说明了他们对于充实、价值、进取和积极有为的人生的期待。没有理想，哪来的不满？没有追求，哪来的失望？没有爱的幻想，哪来的伤感怨怼？没有对于友谊和心灵沟通的渴求，哪来的对于人情如纸的愤懑？说到底，正面的价值是不可回避的，嘲笑与否定一切是不可能的，月盈则亏，水满则溢，嘲笑否定得紧了，也就同时否定和嘲笑了嘲笑与否定本身。

当然，许多价值观念也有可能成为偏执，成为主观的一厢情愿，成为排除异己的独断论，成为邪教，成为恐怖法西斯主义。尤其是不同的价值观会成为互相争斗的由头……例如宗教战争，例如进行自杀式袭击的恐怖分子。这样，在认清在放弃一种伪价值的同时，价值真空、价值困惑、价值虚无的状况就会泛滥和肆虐了。最近在电视节目中我看到三个十六岁上下的少年，为了满足哥们儿两三千块钱的需要，竟然毫不在意地杀死了一个出租汽车的女司机。他们公然地谈论他们的谋财害命的计划，如谈家常。我也一次又一次地在电视新闻中看到恶性刑事罪犯在被处极刑时的满不在乎的表情。这是人们的价值系统的全面的与不间断的崩塌，是价值真空与价值困惑使人变成非人的样子：不负责任，厚颜无耻，反文明、冷血、残酷、是非不明，为小利而犯大罪……

我们可以有许多嘲讽，我们可以汲取许多经验，不轻言绝对的价值，更不能以一己的价值取向为天下法，并以之剪裁世界。我们也许更应该多重视一点日常生活中的和平、善良、健康、正直……我们也许可以使我们的价值观念中多一点人间性、世俗性，而不是必须有一个绝对的理念压倒一切庸凡的东西。但这仍然是一种珍视，一种爱惜，一种眷恋，一种向往。经过了太多的动荡，经过了极大的代价的付出，我们仍然将建立起新的更现代更合乎理性也更能继承和借鉴一切优秀的东西的价值系统和精神财富。如果这些东西什么都没有，只有嘲笑，只有看透，只有谁也不信，那还怎么活下去呢？即使只是好死不如赖活着，不也还包含了一种对于生存的价值认定吗？

生命健康的三个标准

现在可以讨论心理健康的标准了。

第一是基本的善良。对他人的善意，其中尤其要强调的是克制嫉妒。在大的阶级斗争保卫祖国的斗争中遭遇的敌对关系不在本文讨论之列，那种敌对关系乃至生死存亡的关系不由个人心理来选择。这里说的是人们常常由于嫉妒而丧失了自己的善良本性。由于嫉妒，人们会以别人的失误为自己的成绩，把别人的跌跤当成自己的进益。而嫉妒基本上是一种弱者的心理，只有自己跑不快的人才盼望别人犯规罚下或者跌跤倒地。自己没有本事挣钱的人才把希望寄托在别人丢钱包上。嫉妒使人幸灾乐祸，仇恨贤能，坐卧不安，丑态毕露。嫉妒使人产生一种祸害他人的罪恶心理。东北某地一个人的侄子，竟因嫉妒叔叔大酱做得成功而偷偷跳墙跑到叔叔家里往众多酱缸里倒柴油。电视里他对电视台的记者仍是恶狠狠地说："我让他升升火！"说了一遍还要再说一遍。可惜的是这种侄子在较高层次的人中也有，高级嫉妒者与大酱制造者的侄子并无二致，只是手段上比倒柴油高明一点，而且还要找出一些冠冕堂皇的道理来罢了。

《红楼梦》里的赵姨娘，是一个嫉妒的样板，她做了两个小人儿，写上宝玉与王熙凤的姓名、生辰八字，用针往小人儿心口上扎，这是嫉妒者的典型举措。据说世界各国都有过这种用类似巫术的方法整人的迷信。从某种意义上说，嫉妒是万恶之源。嫉妒给人的负担是太沉重了，给人的阴影是太黑暗了，只有尽量去除嫉妒心，把人际间的难免的不服气引导成为合法的、积极的、光明的与正当的竞争，才算健康。

第二是明朗。善良才能明朗，嫉妒、狭隘、阴谋、怨毒，只会带来黑暗。与嫉妒同样可恶的还有自大狂、自我中心狂。自大狂与自我中心狂者容易变得失去理智，丧失自我控制的能力。他们吹嘘自己、表白自己、自恋自赏、自思自叹、乘着肥皂泡上天，同时急火攻心地攻击旁人，否定旁人，怨恨旁人，要求、勒索、讹诈旁人。过热的结果必然是失望是灰心是悲观厌世是诅咒一切，也就是自我冰冻。

所谓癫狂，所谓狂热，如果表现为艺术的创造，那还是有可取之处的。有时狂热是天才的表现，然而这仅仅限于不存在操作的必要与可能，不存在指导性更不具有指令性的艺术创造。有时还包括某些学术研究或道德的自我完善，仅仅限于不存在以其为楷模为行动纲领的目的即完全非现实非功利的人类活动上。你在狂热中创造的艺术品、提出的新观点，也许惊世骇俗，独树一帜，不可替代，至少有比没有好，因为它的存在可以聊备一格。但如果你以这种失控的癫狂来治家交友发号施令，则会变得荒谬起来，不健康起来。

第三是理性与自我控制。我其实是一个性格急躁敏感易怒的人。为此我从年轻时就反复地读《老子》《孟子》中关于抱冲、养气的论述。我也多次听长辈讲“读书深处意气平”的道理。但迄今为止，我的大半生中还是有多次生气上火直至失态的经验。我深深地体会到，不论你有多么正当的理由，怒火攻心永远是一种失败的表现，绝对地属于消极的精神现象，绝对地只能导致丢人现眼的结果。虚火上升，智力下降，形象丑恶，举措失当，伤及无辜，亲者痛而仇者快，这是必然的一连串发展。那么，实在没有控制住，发了火了，生了气了，失了态了，怎么办？无他，赶快降温灭火。这还算我的一个好处，我的火来得快去得也快，叫作不黏不滞，叫作日月之蚀，叫作迅雷暴雨之后，仍然是雨过天晴。我完全做不到无过无咎，但是无论如何也不能将错就错，变本加厉，讳疾忌医，自取灭亡。

从修齐治平到大公无私

中国古代四部最重要的典籍之一《大学》中提出了个人的道德修养是实现全部政治理想的基础思想。它说："古之欲明明德于天下者，先治其国；欲治其国者，先齐其家；欲齐其家者，先修其身……"反过来，此书又提出"身修而后家齐，家齐而后国治，国治而后天下平……"的命题。

这个在逻辑上未必经得住推敲的命题却为许多代的中国士人所信奉。修、齐、治、平，是中国封建社会士人的最高人生理想。只是在道德层面上，个人是高度受重视的。至于个人的正当利益，却少有论述。儒家的第二号人物孟子提出"义利之辩"，他轻视"利益"的观念，而强调"道义"是高于一切的，儒家还提出了"杀身成仁，舍生取义"的命题，认为为了道义原则而牺牲生命是最崇高光荣的事。

1919年五四运动以来，"修齐治平"的理论人们讲得少了，共产主义也好，自由主义也好，民主主义也好，更侧重的是社会的制度方面的变革。但是对于家庭的重视却是一直很少变化的。中国古典的八种美德即孝、悌、忠、信、礼、义、廉、耻中，前两种就是专门讲家庭和血缘关系的。儒家学说首先不是人权的学说而是人的义务的学说，它认为：人是生存在与他人特别是与自己的亲属的伦理关系的链条中的，每个人都有自己的位置，也都有相应的义务；如果各安其位，各行其义务，这个社会就是清明和太平的，反之就将是灾难。甚至婚姻的基础也不是爱情，而是伦理义务。在中篇小说《拂晓前的葬礼》中，强壮而有活力的主人公被强迫和他所不爱的女人成婚，理由是因为他的母亲去世，而他的父亲和他幼小的弟弟妹妹，都需要一个能劳动的女人来操持家务。当主人公拒绝这桩婚姻时，他的父亲和弟妹全都跪在他的面前，向他哀求，于是他不得不接受这桩婚姻。中国历史上确有过四世同堂、五世其昌的大家庭，世人以拥有这样的家庭和大量的子孙后裔为人生的最大幸福。一般人也强调家庭的意义。至今，一个独身者仍然会受到过多的关心和忠告，会有许多人帮助他或她寻找婚姻伴侣。

现在的计划生育大大增加了孩子在家庭中的重要性，独生子女被称为家中的小太阳，有许多家庭孩子处于家中的特权地位。

近年来这些情况开始有些变化，独身者、不结婚而与异性同居者、结婚而不要孩子者，在大城市逐渐多了起来，但在整个人口中，他（她）们只占极少数。

在中文中，国家的概念是崇高的，用英语解释，“国家”一词既是country，又是nation，并且也是state。在古老的中国，国的概念还与君的概念密不可分，因此对国与君的忠诚被视为极大的美德。但古代中国又屡屡发生农民革命与改朝换代的事情，不断地发生背叛、变节、归顺新主子的故事，这里常常发生政治道德政治价值上的悖论。从孔子治《春秋》时起，哲人们就致力于以说得通的政治道德政治价值论点来说明历史的变革。然而，这始终是中国的政治哲学上的一个无法完全解决的难题。

鸦片战争以来中国的屈辱经验大大加强了国家观念的民族主义色调。爱国主义、反对帝国主义、反对外来侵略压迫、拯救濒临灭亡的中华民族，一直是近现代中国最富有动员力的政治主题。

在中国的传统哲学与历史发展中，少有多元制衡的观念与实践。适应着大一统的封建王朝与严格的尊卑长幼秩序，儒家强调的是中庸之道，即通过抑制极端主义的偏激做法来维持社会的平衡。历史上中国人提倡忠君，同时又抨击暴政，要求君王爱民如子，并提出“民为贵，社稷次之，君为轻”。同样，在提倡孝敬父母、师长的同时，提出“子不教，父之过，教不严，师之惰”。儒家的理想包括了被统治者的忠诚与驯服，但它的前提是统治者的仁爱、谨慎、宽容和在道德教化方面的表率作用。至今，中国的执政党仍然时时强调党员干部的身教胜于言教；至今，中国共产党选拔干部的标准仍然是德才兼备，就是说，把一个人的道德表现、道德形象，视为担任干部的首要的条件。“仁政”是中国几千年来的政治理想，这也是官员的腐败问题在中国往往会引发特别激动的情绪的一个原因。

早在1919年的五四运动中，人们已经提出张扬个性的启蒙主张。改革开放和市场经济大大发展以来，人们更倾向于合理地界定与保护个人的合法权益，注意运用个人利益原则来刺激劳动的积极性。在文化艺术上发展与张扬个性也被各方面所认可。中国的执政党与政府，则一直强调集体主义与继承革命传统，强调两个文明一起抓，希望能建立起一个富裕而且文明的社会主义国家，但是迄今为止，见利忘义、贪污腐化、道德滑坡、信仰危机以及社会犯罪现象仍然面临着巨大的挑战。

简单的结论：

（1）中国的文化传统比较强调群体和集体、强调个人对自身的道德约束与个人对集体的奉献直至牺牲，这与西方的文化传统有所不同。

（2）中国正在走向现代化，中国的传统道德观念理想正在发生变化，这个变化远非一帆风顺和轻松愉快，相反，这是一个充满了机遇和挑战、充满了价值失范的陷阱与价值歧义的冲突的过程，对这个过程做出轻率的判断和干预，是危险的。

（3）中国永远不可能全盘西化，过去不可能，现在不可能，将来也不可能。同时中国必然走向现代化，必然实现中国传统文化的价值观与人类的普遍价值观念的整合，并在这一整合过程中，做出对全世界全人类的贡献。

2000 年 9 月

因人而异的意义选择

当然意义的选择也是因人而异的，有的倾向于集中精力时间艰苦奋斗，有的倾向于潇洒快乐听其自然，有的追求卓越完美出类拔萃，有的随遇而安知足常乐。有鲲鹏展翅掀动扶摇羊角的，也有蓬间雀叽叽喳喳的，可以很看不起蓬间雀，但是你难以否认世界上蓬间雀大大多于鲲鹏的现实对比。有伟大的呼风唤雨叱咤风云者，也有漫山遍野的小草和永不生锈的螺丝钉。难以一概而论，尤其是不可以由于自己选择了伟大完美鲲鹏和呼风唤雨便对渺小者恶言相加，只要渺小弱小者没有违背我们最初讨论过的否定原则的话。

意义也就是价值，而人生的价值并不是绝对地一元的，毋宁说是多元的。我的体会，在人类性的国家性的人民的与群体的共同价值追求，诸如和平、发展、进步、民族复兴、人民福祉、国泰民安下边，个人人生的价值追求大体可以分成几种类型：

第一种是事业型的。从事科学艺术政治商业体育军事等而能成绩斐然，为社会所承认，为国家民族带来好处，为自己也为家人带来荣誉，当然是一种意义一种价值，是值得为之奋斗为之付出代价的。

第二种是本分型或健康型的。即本人并无特殊成就特殊贡献，但是完成了一个公民，一个从事某种职业的人员，一个家庭成员的基本义务，诚实劳动，正常享受，享其天年，天伦常乐，尽其所能，有益无害，利人利己，其价值意义就在好好地生活本身。既然来到世上，就好好地过一辈子，自己过好了，纳税出工，遵纪守法，也就是对集体、国家、社会的最大贡献，虽然不显赫，却也可嘉。一个社会越是正常越是稳定，这样的人就会越多。把自己的事办好了，把自己照顾好了，也就是对朋友、对群体、对社会乃至对亲友的最大帮助。我就常常对子女讲，我们不需要你们晨昏问安侍候，你们把自己的事做好了，不给我们添忧，让我们高兴，就是对父母的最大心意。反之亦然，我们生活自理，健康快乐，也就是对子女的最大慈爱。

第三种是性灵型或潇洒型。坚持个性，我行我素，情趣丰富，自得其乐，或爱唱，或爱书法，或爱弈棋，或爱饮酒美食旅游体育乃至风流倜傥……不事专业，不事功利，但求快乐，但求尽兴。这样的活神仙式的人物不是每个人都做得成的，他需要一定的物质条件，更需要自得其乐不受其他引诱的心理素质，只要所作所为不违公益，当然也活得令人首肯。

第四种是轰轰烈烈型或爆炸型的。喜欢迎接挑战，喜欢言人之所未言，行人之所不行，一部分人奉之若神明，一部分人视之若怪兽，你可以讨厌他讽刺他批判他，然而他乐在其中风头出尽便是价值。

…………

我在这里不想尽析各种活法，也有的人是兼有几方面的特质的。我意只在说明，人生的价值是有几把尺度的，不可强求一律，不可以己之尺去量度与自己追求不同的人，不可只看到事物的一面而看不到另一面。

做好你自己的事

前不久，在美国遇到一位中国访问学者。在谈了国内的一些改革开放的成绩和麻烦，流露了她对国事的关心与利国利民的心愿之后，她问我："你说，我们能做些什么呢？"

我脱口而出的回答是："做好你自己的事。"

就是说，如果您现在在国外访问，希望您的讲学活动与学术交流活动成功，希望您用最大的努力去吸收各种有用的新知识，同时也尽您的力量去促进国外的人了解中国，等回国以后，继续为促进我国的学术事业的繁荣与中外学术交流而努力。

如果您在国内是打篮球的，我希望您把球打得更好。如果您是拉提琴的呢？我希望您拉得更好更好，最好和帕格尼尼一样好或者比他更好。

而我是个作家，我理应把自己的努力、把自己的注意力集中在为读者提供更多更好的作品上面。

做好您自己的事也包括私事。我祝愿每个人都能处理好自己的生活，身体健康、家庭和睦、邻里平安。齐家并非就能治国，但齐家起码有利于治国而不是相反。

很简单，一个社会是一个分工合作的大集体，没有合作就没有社会，没有分工也没有社会。除了战争时期、非常时期，如果希望安定与发展，就必须尊重社会的分工，起码是多数人各司其职、各安其业，而不能动不动搞全民总动员。如果把对社会的总体关心与做好自己的事割裂开来，就会出现一大批夸夸其谈、大言欺世、眼高手低、清谈误国的野心者，狗皮膏药人才、口力劳动英雄来。

我们过去常常有意无意地只讲大事情、整体的事情和万众一心对个体的决定作用，而从来不讲小事情、个体的事情、各人做好各人的事情对整体对大事情的不容忽视的作用。这就造成了一窝蜂、赶浪头，用政治空谈取代发展的硬道理之类的状况。我们已经看到，如果人人关心政治关心国家大事的结果不是人人做好自己的事而是搞得全国内战经济崩溃百业俱废，那么“你们要关心国家大事，要把无产阶级文化大革命进行到底”的结果就只能是一场灾难。

其实以放弃各安其业为代价去共同关心一件大事，只能也只应该出现在国家的非常时期。例如发生了战争、瘟疫、全面地震等等。

我们也常常宣扬一种以见义勇为、“多管闲事”为特点的模范事迹。例如一个公共汽车售票员帮助一位素不相识的农村老大娘寻找儿子等，这当然好，当然很好。但是这里同样也有一个问题，那就是每个人应该首先做好自己的事。一个公共汽车售票员应该首先尽职尽责地把票卖好，把站名报好，把车内秩序疏导好，对乘客态度好。各人自扫门前雪，莫管他人瓦上霜当然不对，专管他人瓦上霜，不问自己门前雪，也很矫情可疑。应该是先扫必扫自己门前雪，然后尽量管他人的瓦上霜——这样似乎比较合乎逻辑。

在一个连起码的敬业精神还有待于进一步培养的国家里，离开了做好自己的事，离开了实干兴邦的提倡，只谈救国救民、以天下为己任、以世界革命为目标、以专门利人为榜样等——总是让人觉得未免替自己也替人家难为情。

1994 年 6 月

学习是我的骨头

学习是我的骨头，学习是我的肉（材料与构成），学习是我的精气神，学习是我的追求、使命、奋斗。学习也是我的快乐、游戏、智力体操。学习是我的支撑，学习是永远不可战胜的堡垒，学习是我的永远的主动性积极性，学习是我的立于不败之地的保证。

学习是我的英勇和不露声色的对于邪恶的抵抗。正如思想是不受剥夺的，学习也是不受剥夺的。学习使我坚强如钢刀枪不入。你可以诬陷我剥夺我控制我的人身，你无法限制我在闭目养神的时候背诵唐诗宋词英语十四行诗，你无法不准我随时复习外语单词，你无法剥夺我的思考回忆分析观察谛听，甚至谛听一个蠢货怎么样地自以为是胡说八道横行霸道滔滔不绝。这也是一种对于人性的探索和追问，是一种人生经验的体察，是一种学习。当一个家伙对你说不准学习的时候，这已经提供给你一个难得的人性恶的教材，这已经提供给你一个难得的人间喜剧，这已经解答了你长久以来未能解答的关于人可以有多么蠢多么坏的问题。当然，你也应该尽量去理解这个坏人和蠢人的心理与动机，看看他究竟为什么那样地自以为是，那样地自鸣得意，从他身上得到借鉴，得到警惕，得到教训，见到坏人不要只考虑他的坏，也要反问自己，换一种条件下自己会不会也做同样的或类似的坏事蠢事？还有自己有没有失误疏漏，给了他或她以可乘之机？

学习又是我与客观世界的和解、协调和沟通，通过学习，我发现了和珍视着现实条件具有的每一丝可能性，调动和利用一切积极因素，对这个世界有了更好的理解，像斯宾诺莎说的，不哭，不笑而要理解。在一切条件下使自己生活得充实、向上、有意义，并从而摆脱了虚度年华的失望、痛苦和嗟叹。

所以学习使我乐观，学习使我总是有所收获，学习使我总是不至于悲观失望，学习使我谦虚，使我勇于并且惯于时时反省自查自律，叫作“学然后知不足”。如果自以为完美无缺，那就杜绝了学习的必要与可能。学习使我不至于先入为主，自吹自擂，关在小屋里称王称雄。学习还表示了我对于人类知性，对于智慧，对于文化、文明与科学，也包括对于活生生的生活的尊重和向往。截至今日，我们的知识是很有限的，我们的理性常常陷于困境，我们的自以为是的智慧时而误导乃至自欺欺人，我们的生活里还充满着不尽如人意的方面。然而我们不能因此而摒弃文明、摒弃理性、摒弃人生，而是要尽其所能地从人类已有的文明中，从人类与自身的已有的智慧中，从各种活生生的人生图景、人生故事、人生经验中寻找接近真理、接近美善的前景。

例如医学，当然目前的医学远非完美无缺，更非万能，但是我找不到比利用现有的医学更好的治疗疾病的方法。说什么对医生的话不可全信也不可不信，这样说易如反掌，但是信什么不信什么？

随机吗？撞大运吗？不信医生的而信你的不可全信说吗？算了吧，比较起听你的信口胡言来，我宁愿听医生的话。科学也是如此，在一个愚昧和迷信还在泛滥的国家，批判科学的不足恃，又是由一些本身的科学知识未必比科盲好太多的人来批，我总觉得矫情。根据我自己的经验，至少我本人，以现代的科学医学发展水准衡量，仍然大体属于医盲科盲的群体，我宁愿对科学采取敬畏的态度。

学习又使我超越、超脱。学习使我遇事不仅仅关注一时一地的得失成败，而是把它作为一个学习的契机，学习的漫长过程的一个环节，每事问（包括自问），每事学，于是得到一种登高望远、气度从容的感受，得到一种曲曲折折地走向光明的欢喜。

学习促使人采取一个更健康的态度和方略。批判是健康的批判而不是大言欺世。痛苦是有为的痛苦，不是类似吸毒的反应。鼓舞是健康的鼓舞，不是牛皮山响。成功是清醒的成功，不是范进中举。人生是明朗的人生，是明朗的航行，不是酸溜溜、阴森森、嘀嘀咕咕、磨磨叽叽的阴沟里的蠕动。学习使我得到智慧得到光明，如果没有一下子得到，那至少也是围绕着靠近着感受着智慧和光明。

第四辑

为自己创造不止一个世界

生活：最好的“辞典”与“课本”

读书是学习。学习材料对我是非常重要的。例如学习维吾尔语，我首先依靠的是解放初期新疆省（那时自治区尚未成立）行政干部学校的课本。我从那本课本上学到了字母、发音、书写和一些词一些句子一些对话。另外靠的是《中国语文》杂志 20 世纪 60 年代的一期，此期上有中国科学院社会科学部民族研究所朱志宁研究员的一篇文章《维吾尔语简介》。后一篇文章我读了不知道有多少遍，学一段，用一段语言，就再从头翻阅一遍朱先生的文章，就获得了新的体会。有时听到维吾尔农民的一种说法，过去没有听过，便找出朱文查找，果然有，原来如此！多少语法规则、变化规则、发音规则、构词规则、词汇起源……都是从朱教授的文章里学到的啊！朱教授是我至今没有见过面的最大恩师之一。当时林彪讲学毛著要“带着问题学，活学活用，急用先学，立竿见影”等，说老实话我倒没有以此法去学习毛著，我确实是以此法学了“朱著”。不是朱德同志的著作，而是朱志宁教授的“著作”，他的一篇简介，使我终身受用不尽。

是的，学习的方法是书本与实践的结合。我常常从根本上去追溯人类的语言是怎么学的。一个婴儿，不会任何语言，靠的是听，百次千次万次地听，听了之后就去模仿，开始模仿的时候常常出错，又是百次千次万次地实践之后，就会说了。会听在前，其次会说，再次才学文字。就是说，学语言一要多听；二要张口，要不怕说错；三要重复，没完没了地重复；四要交流，语言的功能在于交流，语言的功能在于生活，一定的语言与一定的生活联系在一起，一定的语言与不同的人的不同与共同的表情神态含义联系在一起。语言孤立地学不过是一堆符号而已，就符号记符号，太无趣了所以太难了。语言与生活与人联系在一起学，就变得非常生动非常形象非常活灵活现多彩多姿。比如维吾尔人最常说的一个词“mana”，有的译成“这里”，有的译成“给你”，怎么看也难得要领。而生活中一用就明白了，你到供销社购物，交钱的时候你可以对售货员说“mana”，意思是：“您瞧，钱在这儿呢，给您吧。”售货员找零钱时也可以说“mana”，含义如前。你在公共场合找一个人，旁人帮着你找，终于找到了，便说“mana”，意即就在这里，不含“给你”之意。几个人讨论问题，众说纷纭，这时一位德高望重的人物起立发言，几句话说到了要害说得大家心服口服，于是纷纷赞叹地说：“mana！”意思是：“瞧，这才说到了点子上！”或者反过来，你与配偶吵起来了，愈说愈气，愈说愈离谱，这时对方说：“你给我滚蛋，我再也不要见到你！”于是你大喊“mana”，意即抓住了要点，抓住了对方的要害，对方终于把最最不能说的话说出来了。如此这般，离开了生活，你永远弄不清它的真实含义。

与“mana”相对应的词是“kini”，“kini”像是个疑问代词，你找不着你要找的人时，你可以用“kini”来开始你的询问，即“某某哪里去了？”会议一开始，无人发言，你也可以大讲“kini”，即“Kini，请发言啊！”这里的“kini”有谁即谁发言的意思。你请客吃饭，宾客们坐好了，菜肴也摆好了，主人要说：“Kini，请品尝啊。”一伙人下了大田或者工地或者进入了办公室，到了开始工作的时间了，于是队长或者工头或者老板就说：“Kini，我们还不（开始）干活吗？”这样，“kini”既有疑问的含义，也有号召的含义。那么“kini”到底怎么讲怎么翻译最合适呢？这是一切字典一切课本都解决不了的。“kini，有条件的，我们不到维吾尔兄弟姐妹里边去学语言吗？”

英语也是一样。英语不仅是一种达意符号，也是一种情调，一种文化，一种逻辑性，一种生活方式。现在有所谓逆向英语以及疯狂英语的教学，只要把有关的商业性炒作的因素剔除，它所提倡的那种从生活中学、贯耳音、大胆地讲大胆地听大胆地用，错了也不要紧的精神，那种学英语讲英语的自信，那种重视口语的态度，以及那种学一门外语时的如醉如痴如发狂的态度，都是正确的和必要的。

学习语言的过程是一个生活的过程，是一个活灵活现的与不同民族的人交往的过程，是一个文化的过程。你不但学到了语言符号，而且学到了另一族群的心态、生活方式、礼节、风习、一种思维方式、一种文化的积淀。用我国文学工作上的一个特殊的词来说，学习语言就是体验生活、深入生活。

把语言学活是一个好的学习方法，这也是一种观念一种精神境界。不仅仅在用中学和在学中用，而且到了一定程度，用就是学，学就是用，善学者是不可能严格区分何者为学何者为用的。我们将儿童学话叫作咿呀学语，其实也可以说那是咿呀用语。做任何事情都抱一个学习的态度，也就是抱一个谨慎负责的态度、动脑筋的态度、精益求精的态度、不断提高的态度，一个津津有味、举一反三、举重若轻、融会贯通的态度。这样，学习态度与工作态度、生活态度，学习精神与工作精神，工具理性与价值理性就高度结合起来了。

学无涯思无涯其乐亦无涯

并非仅仅语言学习是这样，把一门学问看成一群人的生活和劳作的成果，看成一种生活的记录和方式，看成人的智慧、经验、追求、痛苦和快乐的集中体现，把学问的探求与生活的探求结合起来，把学习的过程当作一个生活的过程，把对于工具理性的追求变成对于一种价值的体认，把奋斗、受苦、奉献的过程同时当作一个走近真理，享受世界与人生的全部美丽，探知宇宙与生命的全部奥秘的过程，这时候，你的学习与你的生活工作将是怎么样地不同了啊。这是一条具有普遍性的道理。它大体上同样适合于读一本长篇小说，读一本哲学或史学书，甚至是数学书。它大体上同样适用于科学实验科学研究。

没有比从一本长篇小说里发现自己熟悉的人性的证明更令人激动的了。从爱情故事里联想到自己的或亲朋好友的爱情经验（包括某种情感的萌芽未发展成爱情者）；从荒诞不经的冒险故事里感受到生命的挑战，倾听到自己的怦然心跳；从作者的大段抒情里感受到人生的激情和难分难解的悲欢；从作家的思考里联想到自身的处境与自己的答案。这样的读书根本用不着死记硬背与生吞活剥，用不着头悬梁与锥刺股。

同样，从理论的论证里可以找出自己的经历与见闻的脉络，可以拨开思想认识上的迷雾；从一道数学公式里可以设想到先行智者的严密的思维逻辑和追根溯源、反复验证、达到颠扑不破的境地的过程与乐趣。学习是一种发现，学习是一种探秘，学习就如破案，自然界与人生的秘密隐藏得扑朔迷离，就像不容易一时侦破。而当你从自然、历史、社会、人生中发现了它们的隐蔽的真情，从前人的成果中了解了这种真情，你将会像破了一个大案一样地充满欣喜，欲罢不能！

我敬重苦学者，我更愿意多讲学习的乐趣，我特别欣赏米卢的对于“快乐足球”的倡导。只有不可救药的杠头（故意钻牛角尖、搅死理与人抬杠即强词辩论者）才会觉得有必要提醒足球教练和运动员光快乐不行，还得苦练。快乐和苦练是互补的，又分别属于两个不同层次。从总体上说，学习掌握一种本领，从必然王国一步步进入自由王国，得到新收获新思想新知识新境界新觉悟新成绩，当然是最快乐的事，快乐是成功的表现。而在此过程中是要克服许多困难回应许多挑战付出大量心血乃至体力的，这当然又极艰苦。这大致与毛泽东论述战略上藐视战术上重视的道理是有共同之处的。战略上是敢于胜利一定成功的，不须恐惧畏缩；战术上是随时有危险有曲折的，岂可掉以轻心？

学习是一种按部就班的建设，从挖地基做起，直到矗立起一幢幢的高楼大厦，成就了一片又一片风景。学习是一种精神的漫游，它扩大着你的精神的空间与容积。学习还是一种对于有限的生命的挑战，以有限的生命追求无限的宇宙和时间。不是庄子所说的“殆矣”，而应该是“壮哉”！学习是一种坚持、一种固守、一种节操、一种免疫功能。在学习中绝对不能自欺欺人，不能假冒伪劣，不能装腔作势，不能吹牛冒泡，不能纠合起哄，不能拉帮结伙，也不能奴颜婢膝、奉承讨好、媚俗媚雅。学习者，至高至强至清至明复至艰复至乐也。

了悟：一种“慧根”的超越

琢磨的目的是了悟，了悟是什么东西呢？现在人们愈来愈常说“悟性”一词了，那么悟性又是什么呢？

可以说，悟性指的是一种学习、理解、明白的能力，而这个学习、理解，对象不是课本，不是规章，不表述为语言哪怕不是本国语言而是一门艰深的外语，而表现为一种不言之教，一种隐藏在现象里边的深层的规律，一种既非逻辑推演，也非实验证明的概念、要领、经验。没有任何学校给你讲授这门课程，也很难开这门课，它难以教授难以讲解难以传达，它似非而是，羚羊挂角，无迹可求，它既不是靠读书也不是靠苦思，而更多是靠直觉，靠感觉，靠触类旁通，靠想象而得到。踏破铁鞋无觅处，得来全不费工夫。

据说“悟”这个词是随着佛教而传入的，恐怕是这样，佛学的许多观念、说法，不是论证也不是科学实验的产物，它需要的是一种“慧根”，一种悟性，能够超越现实，进入无限和终极，思考一些人的正常头脑很难进入的领域里的关系与对象，其中很多东西确实是一些奇思妙谛，很多并非正面的论述，而是一些比喻、一些象征、一些谜语，而且它们的喻与所喻、能指与所指、谜面与谜底，关系并不十分确定，有时候是一些机智，是一些文字游戏，是一种风格，乃至是一种强词夺理，最后是一种非逻辑非实证的信仰。

例如那个很有名的六祖慧能的故事，五祖弘忍欲求法嗣了，令徒弟诸僧各出一偈。先上来是上座神秀，说道："身是菩提树，心如明镜台，时时勤拂拭，莫使有尘埃。"而慧能的偈是："菩提本非树，明镜亦非台，本来无一物，何处染尘埃？"一比较，慧能的悟性更好，五祖就把衣钵传给了慧能。

其实这更像文字游戏，如果是我与慧能一起作诗作偈语，我就来一个保持沉默，最好是当场入睡，打几声鼾，或学蛙鸣，或学蝲蝲蛄叫，不比慧能更虚无，更后现代，更行为艺术吗？

佛以外的例子：惠施问庄子："子非鱼，安知鱼之乐？"庄子对曰："子非我，安知我不知鱼之乐？"其实这是诡辩。惠施完全可以以其人之道还之，只消说："子非我，安知我不知子不知鱼之乐？"这样，从前有座山，山上有座庙，庙里有个和尚讲故事……就可以一万年地讲下去了。

这里需要的仍然是得意与"妄言"。死抠住慧能的偈语与庄周的答疑本身就自作聪明或干脆五体投地，其实都是足冒傻气。这里更多的是讲他们的一种洒脱、一种风格、一种拈花而笑的姿态。

也许更好的例子是艺术。技巧是可以学的，知识也是可以传授的，然而悟性是无法帮忙的，艺术的感觉是大不相同的。所谓神韵，所谓生气贯注，所谓灵气，所谓新意，所谓魅力，所谓清新，都很难教授或干脆不能教授。至少一个简单的原因，艺术贵在创新，你教给他的，还算新还算创造吗？其次，艺术是非常讲究个人风格、个人独特性的，老师教给你的，只能是原则，只可能带上老师的个人风格，却绝对不可能代你创造你本人的独特性，教授的最好的东西也是好东西，但还不能算你的东西，直到你从创造中悟出了自己的东西，找到了自己的风格特色，才算学到手了学对了。

确实，许多事情只可意会，不可言传，小而至于一个人，你仅凭看他的档案或听他的自述，能了解他吗？有时候经历和性格一致，有时候恰恰不一致；有时候讲的和实际一致，有时候自己也讲不清楚自己。这里还不包括有意无意地隐瞒自己的某些特质的人。靠什么？靠了悟，靠感觉，靠直觉，靠联想。我无意认为档案不重要，自述不可信，我也无意认定任何莫名其妙的感悟都极精彩，感悟也有主观片面肤浅直至歪曲的可能，但是观察、了解、听取、阅读与感悟的手段都可以采用，也都可以参考，更好。

中国语言中除了“悟”以外还有一个“通”字。我们说一个人不明事理就说他“不通”，学习了而且明白了，就说是弄通了。这个字很形象，通畅了，可以交通了，可以交流了，可以走来走去了，当然就健康了。中国医学也是喜欢用这个概念这个理论的，有病了就是哪里哪里不通了，吃了药，扎了针，通了，病就痊愈了。那么通又是什么呢？我的解释，通首先是书本与生活之间的畅通无阻，理论与实践之间，事体与情理之间，读书与明理之间，此事与彼事之间，身外之学与身同之学之间的通畅，这是化境的一个重要标志。

有些属于风格、风度、待人接物、处世、给人的印象问题，也需要好的悟性。同样聪明，有人给人以油滑的印象、刻薄的印象、炫耀自身的印象，有人则只使人感到机智、犀利、敏锐，却不失仁厚大度。同样文雅，有人给人以酸溜溜的印象，有人则很自然。同样满腹经纶，有人更像是囤积居奇或二道贩子，是卖弄学问的奸商，有人则很诚恳，很仁厚，不失本色。还有人虽然捶胸顿足，仍然无人相信。有的步步为营，却仍然破绽百出。有的正颜厉色，却仍然让人觉得滑稽可笑。这些都不是语言所能表达传授，而要靠自己的了悟。

学习也是如此，就一学一，背诵式地学，这是一般的学习；举一反三，由此及彼，在学习中掌握学习与学问的规律，摸住了学习与学问的脾气，于是一通百通，事半功倍，云开雾散，一片天光，明明白白，这叫悟性。谚云："宁可与明白人吵架，不与糊涂人说话。"了悟的目的是明白，好说的，不方便说的；好掌握的，不好拿捏的；能用言语表达的，只能使个眼色做个姿态的；表面的，大面的，以及深深潜藏的，全能明白，全能透亮，全能了悟于心，和这样的人打架不也是爽气得多吗？

悟性虽然有点玄妙，想来也还是可以培养提高的。好学，深思，琢磨，模仿，学样，敢于实践，善于总结，勇于自省，有事分析，分析不出来就回想全过程，发现最微小的差别，按图索骥，顺藤摸瓜，学得乖一点再乖一点，这么试过了不行再用另外的办法试试，总可以做到由蠢而不太蠢，由蠢十分到蠢六分，一直迫近于明白和了悟了。

当然，事情也没有那么简单。问题在于，越是不明白的人越是火冒三丈，越是糊涂的人越是不可一世，越是幼稚的人越是不容分说，他们对于明白人，能够做到了悟的人有一种本能的仇视。

怎么办呢？只好随他去啦。

为自己创造不止一个世界

为自己创造不止一个世界，这是又一个忠告。一个人需要的世界不止一个，你应该有自己的事业，应该有自己的家庭，如果你选择了独身，就是说应该有自己的私生活，应该有自己的爱好——不论别人看得上或是看不上你的爱好。应该有不止一方面的专长，应该有自己的阅读审美收藏记载的习惯，应该有自己的梦自己的遐想自己的内心世界，至少还应该有自己的爱好自己的娱乐自己的癖好。在工作不太顺心的时候，你至少可以在家里在自己的住所里得到温馨得到慰藉得到欣赏陶醉和补偿。这是一个躲避至少是缓解灾难，保持稳定，休养生息，保护有生力量的“避风港”，这种“避风港”为国家为人民为自身做出了很大贡献。

在遭遇挫折的时候，你至少可以听听音乐养养花摆弄摆弄宠物写两篇不一定发表的诗。当某种专长一时派不上用场的时候，你还有别的专长可圈可点可以一展身手。在新疆时我无法写作，但我至少还可以当维吾尔语与汉语之间的翻译，而在多民族聚居的地方，翻译是非常重要的。我还看到过一些有自己的专业特长叫作有一技之长的人，年龄到了，从官职上退下来以后，立即投入了自己的专业活动专业实践，这边“下台”，那边“上台”，这边隐退，那边复出，妙矣！如鱼归海，如鸟飞天，得其所哉，生活又是一个开始。而那些除了开会传达文件别的什么都不会干的人，退下来以后真是空虚寂寞难以排遣。没有特殊的专长，至少可以有一点兴趣癖好，你爱养花，你爱养猫狗宠物，你收藏，你集邮，你临帖，你喜欢打牌，你喜欢烹调，这都是你的自得其乐的世界。到了自己有几个世界的程度，你就永远立于不败之地了。相反呢，你就会看到一些偏执者自私者鼠目寸光者动辄走投无路，狼奔豕突，呼天抢地，日暮途穷，煞是可怜亦复可笑可叹。

既要集中精力又不可单打一把自己紧绑在一根绳子上，个中相克相生相补充相违拗的关系只能在实际生活中摸索。多几个世界并非彼此对立的，专心致志也并非只认一根绳子，没有活泼的思想，哪会有活泼的人生！

当然，同样没有铁的同一性，有的人一辈子就爱一件事，就钻一件事，就干一件事，再无爱好，再无旁骛，为一件事献出自己的一切，并取得了辉煌的业绩，怎么办呢？让我们向他或她致敬就是了。

不争论的智慧

上次写完了那篇《从“话的力量”到“不争论”》的文章，意犹未尽。

我想起了张中行老师关于四七二十七还是四七二十八的争论的故事（见《读书》杂志 1993 年第 5 期）。这是我迄今为止读到的最佳笑话。与一个认为四七等于二十七的人争论是毫无意义的，是枉费唇舌，是自身的不够清醒所致。因此，县令责打坚持四七二十八的人的屁股，而判定主张四七二十七的人无罪。太妙了！这是一个关于不争论的最佳故事。与四七二十七的人争论活该挨打！即使您是正确的，您是坚持四七只能等于二十八的，也不必去与不值得认真对待的人去认真讨论那本来不讨论也可以明白的问题，这是一。到头来，还是四七二十八的主张者挨揍，这是二。坚持四七二十七的人无罪无皮肉之苦，这是三。第一层含义是智慧，而且是非常东方式的关于“无”的智慧，正确的主张也不是任何时候都需要宣讲的，在宣讲没有意义的时候，更正确的做法其实是保持沉默和静观，也就是保持无为。这个表述比西谚所云“好话是银子而沉默是金子”

更加透彻。

第二层——关于四七二十八论者的挨打的含义——就有那么点辛酸了。

而第三层含义呢，四七二十七无罪论，真是滋味无穷！这是对于乖谬者们的最大讽刺，又是对正直的、只知其一不知其二只知一味说实话的呆子们的最大自嘲！

有一个民间故事类此而格调稍低：是说两个人争论，一个说是《水浒传》上有个好汉名叫李达，另一个说是那好汉名叫李逵，二人打赌二十块钱。便互相扭打着找到了一位古典文学权威。权威判定《水浒传》上的好汉乃是李达，于是李后面是逵的主张者输了二十元。事后，“李逵派”质问权威为何如此荒唐断案，权威——看来与李逵派还是相识——答道：“你不过是损失了二十元钱，而我们害了那小子一辈子！他从此认定好汉乃是李达，还不出一辈子丑吗？”

这个故事也有趣，但未免阴损，缺乏绅士风度。在一种情况下才是可以肯定、可以认同的，即“李达派”是蛮不讲理，或者还自以为有什么来头，或者还一心要扫除一切把“逵”字不读作“达”的人。不应该是权威要害他，而是他要害人，结果当然只能是害了自己。这个故事对于振振有词坚持谬误、对于过于强硬搞得没有人愿意把事实真相告诉给他的人，还是有它特有的教育意义的。这个故事的最深刻之处在于告诉我们：对谬论唯唯诺诺随声附和，恰恰是——至少客观上是——对谬论的最大惩罚！

提到不争论云云，老子的学说很有片面的深刻性与启发性。从反对人的盲目自大、盲目膨胀、庸人自扰、轻举妄动、自找麻烦、自找苦吃的意义上来理解，老子的学说实在精彩绝伦。他推崇“不争之德”“不言之教”“无为之益”，他提出“希言自然”等，我们不妨理解为不必自以为是地不适当地以喋喋不休的言语去干扰事物按照客观规律发展—— 说不定从中可以悟出要以市场经济取代计划经济的道理来。老子还发现了“以其不争，故天下莫能与之争”的至高至妙的道理。我们不妨认为，老子的主张是韬光养晦，不做出头椽子，“深挖洞，广积粮，不称霸”。老子的主张也是高姿态，是对自己的充分自信。耽于争论往往是缺乏自信的结果，例如文坛上一些动辄要争一争的人，充其量只不过是二三流作家、江郎才尽的过气作家而已，即使争到了一些蝇头小利，暴露出来的却是自己的极端鄙俗、极端心虚。而一个真正胸有成竹的作家，是不屑于争那些个低级趣味的。为什么不争？一是不必，胸有成竹，不战而胜，是为上上。二是不屑，与四七二十七者争论，不是太降低了自己吗？三是没有时间，好人忙于建设，忙于创造，哪有空闲天天磨嘴皮子？以其不争，更显示了他的高尚与宽宏。对不争的人，你能胜过他吗？你至多吹嘘一番为自己壮壮胆罢了，你至多讹讹搅充当一两次搅屎棍罢了，这不是只能越发显出你自身的高攀疲累要死要活还是够不着吗？这也是阿拉伯国家的谚语“狗在叫，骆驼队照旧前进”的含义所在，阿拉伯的智者也不主张骆驼队应该与狗争论。老子也说：“不争而善胜，不言而善应，不召而自来……”我不认为这是老子主张大家都应该躺倒睡大觉，同样，他主张的是更实在地发展自己充实自己尊重客观规律不做逆客观规律而动的事情。

老子提出：“多言数穷，不如守中。”俗话里也有“言多语失”“爱叫唤的猫不拿耗子”之类。消极地看，这一类说法似乎是教人谨小慎微。其实，个中自有深刻的道理。依我们的经验，凡是要大喊大叫地说“就是好就是好”的，常常是搞得不太好的。所以懂得了“多言数穷”的道理，一是有助于不上当，二是有助于少做蠢事。话语确是人类的一大发明，话语的转而君临人世、安慰你梳理你的同时蒙骗你煽动你辖制你镇唬你，也堪说是人类的一大灾难。老子早就对话语的泛滥采取警惕和疑惑、批评的态度，实乃东方一大智者。

老子的名言还有：“信言不美，美言不信。善者不辩，辩者不善。知者不博，博者不知。圣人不积，既以为人己愈有，既以与人己愈多。”他总结说：“天之道，利而不害。圣人之道，为而不争。”我们不妨将这些教训理解为：直面人生，不为天花乱坠的话的力量所蒙蔽。多做实事，坚持重在建设与正面阐释，尽最大力量避免抽象无益不看对象的争论。（这里的“善”的含义与其说是善人，不如说是聪明——善于做某事。）警惕那些卖弄博学的驳杂不纯者，只有那些不但知道自己知道什么而且知道自己不知道什么的人才有起码的知识。不必处心积虑为一己打算，“其无私耶，故能成其私”。固本自强，完全不必争一日之短长——尽量避免自以为掌握了真理的人的排他性、狭隘性和破坏性。这些都是金玉良言。

资本主义市场的广告的恶性泛滥也是一种话的力量的异化与膨胀。广告化的市场经济，广告化的政治，广告化的文艺，什么都靠包装，靠“炒热”，靠“托儿”。这些都可能奏效于一时，但是恐怕不可能从而成了什么气候。有时候吹的肥皂泡愈大愈五颜六色愈是接近于“噗”地一下子破灭。这样的例子难道我们见得还少吗？

市场广告常常使我想起人为地、通过权力来指挥传播媒介制造舆论，与通过金钱来占领传播媒介大登广告实在有异曲同工之妙。大造云云，更给人以颠倒本末、推销伪劣的感觉。无论如何，我们似乎应该承认，舆论首先是实际的反映、是民意的反映，一切的大造如果符合实际、符合民意，那将是一种正确的与必要的信息服务，一定能起到积极的作用，把好东西贡献或推销出去。而如果产品伪劣，大造舆论也罢，大登广告也罢，效果只能是暂时的与有限的，最终，效果只能是适得其反——培植出一批口是心非的伪君子并且使人民群众更加疏离。

我这里还想斗胆提出一个问题：怎么样才算是正确地与全面地理解了列宁关于“灌输”的论述了呢？窃以为，列宁关于“灌输”的论述是宏观性的，是针对那种认为工人阶级可以自发地产生社会主义思想的工团主义的。如果把它变成一种我们常说的所谓“灌”的教育方法，单向地念念有词地把自己当作话源、话的主体而把受教育者视作话的接收器、话的客体，还会总是有效吗？

余才疏学浅。我十分希望有学长学友能把古今中外的关于话的力量与不争论的故事拿出来让人们见识见识。

1994 年 6 月

我的处世哲学

我没有受过完好的学校教育，所读书卷也很有限。有时承蒙不弃，被认为还有点什么思想见解，并不随波逐流也者，首先是得益于生活实践的启示与好学好问的感悟。

就是说，我承认“实践出真知”的基本命题，同时也不否认基本之外的例外与变异。

马上就是我的六十岁生日了，积一个甲子之经验，我能够告诉读者们一点什么呢？

第一，不要相信简单化。

我到处讲一个意思：凡把复杂的问题说得小葱拌豆腐一清二白者，皆不可信；凡把解决复杂的问题说得如同探囊取物，易如反掌者，皆不可信；凡把麻烦的事情说成一念之差，说成一人之过，以为改此一念或除此一人则万事大吉者，皆不可信。

主要矛盾解决了，次要矛盾也就迎刃而解了——说实话，我这辈子还没怎么碰到过这么便宜的事情。大多数、绝大多数是主要矛盾解决了，次要矛盾反而更加突出激化、更加麻烦了。

所以我虽然赞扬针灸，却不相信点穴和咒语。

我知道世上没有万能药方，所以我也不为某味药的失灵而气恼或反目成仇。我常常不抱非分的期望，所以也很少过于悲观绝望。

第二，不要相信极端主义与独断论。

世界上绝对不是只有黑白两种颜色、善恶两种品德、敌我两种力量、正谬两种主张、资无两个阶级。

要善于面对和把握大量的中间状态、过渡状态、无序状态与自相矛盾的状态、可调控状态、可塑状态等。

世界上的事情绝对不是谁消灭了对方就可以天下太平光明灿烂。动不动把自己树成正确正义一方，把对方扣成错误乃至敌对一方，动不动想搞大批判骂倒对方——不论是依势的甲批乙还是迎潮的乙批甲，都带有欺世盗名、自我兜售的投机商味道与小儿科幼稚。要学会面对真正的大千世界而不是只“面对”被某种意图或者理论过滤过改绘过的简明挂图。

在没有绝对的把握的大量问题上，中道选择是可取的，是经得住考验的。

第三，不要被大话吓唬住，不要被胡说八道吓唬住，不要被旗号吓唬住。

因了发明一句话而搞得所向披靡者，多半大有水分。大而无当的论断下边不知道有多少漏洞和虚应糊弄。

过犹不及。过于伟大或过于卑微，过于高明或过于愚蠢，过于奇特或过于陈旧的话语，都值得怀疑。

不要陷于标签与旗号之争，不要认为一划类一戴帽子就可以做出价值判断。不要以为一划类一判决世界就井井有条了——多半是相反，更加歪曲了。

戴上桂冠的也可能是狗屎，扣上屎盆子的也可能冤枉，这是一。桂冠云云可能本身就不可贵，盆子云云可能本身就不丢人，这是二。同一个类属或概念之下可能掩盖着各种不同的状态以至于性质，这是三。你的分类法本身就没有被证明过，你的划类术又极低智商，因此不足为凭，这是四。

要善于使用概念而不是被概念所使用所主宰。

一般地说，在没有足够的根据的情况下，在常识与大言之间，我选择前者。但我也绝不轻率地否定一种惊人高论。对后者我愿意抱走着瞧的态度。

第四，不要搞排他，不要动不动视不同于自己的为异端。

特别是在文学与艺术问题上，以及在许多问题上，宁可相信别人与自己都是处于瞎子摸象的过程中，人们各有道理又各执一词。世间的诸故事中，没有比瞎子摸象的比喻更深刻更普遍更给人以教益的了。

所以，多年来我坚持一种说法：可以党同，慎于或不要伐异。最好是党同喜异，党同学异。可以老王卖瓜自卖自夸，不要王麻子剪刀别无分号。提倡多元互补，不要动不动搞你死我活。

我致力于提倡与树立建设性的学术品格。多数情况下，我主张立字当头，破在其中——立了正确的才能破除也等于破除或扬弃谬误的。事实已经证明，没有立即没有建设的单纯破坏，带来的常常只能是失范、混乱、堕落，这种真空比没有破坏以前还糟糕。

第五，所以我提倡理解，相信理解比爱更高。

甚至于批评谬误，也要先理解对方，知道他是怎么失足，怎么片面而且膨胀的，知道他的局部的合理性乃至光彩照人与总体的荒谬性是怎么表现与“结合”的。而不是简单地把对方视如妖孽。没有人有权利动不动把对立面视如妖孽、牛鬼蛇神。

我主张见到自己没有见过或弄不清楚的事物先努力去理解它体味它，确有把握了，再批评它匡正它。我不赞成那种凡遇到自己不明白的东西就声讨一番，先判罪再找理由的恶习。自己弄不懂的东西不一定就坏，对于自己闹不明白的东西明智的做法是一看二研究，不行就先挂起来。

所谓理解也就是弄清真相的意思，先弄清真相再做出价值判断，这是最根本的原则。先做出价值判断再去过问真相，乃至永不去过问真相，这是聪明的白痴的突出标志。

任何人试图以真理裁判者道德裁判者自居，以救世主自居，众人皆浊我独清，众人皆醉我独醒，不要随便信他。

所以我提倡费厄泼赖，我不相信鲁迅的原意是让人们无止无休地残酷斗争下去。

所以我赞成不搞无谓的争论，对于花样翻新的名词口号，对于热点热门，对于咋咋呼呼，我常常抱不为所动所怒，静观其变，不信其邪，言行对照，比较分析的态度。

所以我常常怀疑关于自己已经发现终极真理的自我作古的宣告。

第六，我承认特例，但更加重视常态；我梦想某种瞬间，但更重视经常。我不相信用特例和瞬间来否定常态和一般的矫情，不管这种矫情以什么样的大言的形式出现。

所以我原谅乃至常常同情凡俗，认为适度的宽容是必要的。

待人，我喜欢务实态度，我宁愿假定人是有缺点的，多数是平庸的。平庸不是罪，通俗不是罪，对于有毛病的人不必疾恶如仇。利己也不是罪，但是不能害人。害人害国，只知谋私利，我很讨厌。

用到学术讨论上，我认为百家争鸣之中必然会有大量的浮言、偏言、陋言、“屁话”。我也说过许多次，一“百家”中，有三两家深刻而又真实的论述，也就不错了。如果你认为这个“出金率”太小，并因而废除百家争鸣，说不定离真理更远而不是更近。不能因噎废食。

我当然承认特殊，承认特例，但是我不能苟同用特例否定一般规律。例如一谈到爱就强调不能爱结核菌，一强调业务就辩驳说某位烈士并非因了业务好而伟大等，这都是无聊的诡辩。我们重视特例，我们更应该着眼于一般，着眼于群体，着眼于正常情势下的状态。宽容云云，当然指的是常态，不是指与敌人拼刺刀的那一刹那。连这种废话都要说一说，我为此深觉遗憾。

第七，求学求知方面，我重视学习语言、外族语言、哲学、逻辑和一般的数学科学常识。我好读书看报，喜思索，常对比，愿探讨，不苟同，不苟异，相信许多真理要经过实践的检验。相信生活之树常绿。相信真、善、美各自之间与相互之间有许多相通互补之处。

我有兴趣于那些表面如此不同而实际如此接近，以及表面同属一类，实际如此不同的世间事物。看出这个，才是有趣的发现。

我特别希望能够培养自己的最不相同与相干的知识技能至少是接受欣赏的范围。例如直观的诗与逻辑的理论。例如地方戏曲与交响乐以及摇滚乐。我每天都在警惕与破除自己的鼠目寸光，故步自封，仍然没有完全摆脱此种病魔的阴影。

第八，我重视结论，也重视方法。看一看他的方法，就可以看出他是不是以偏对偏，以暴易暴，以私易私。我常常发现激烈冲突的双方用的是同一种有我无你的方法，抹杀事实的方法，六经注我的方法，先有结论而后雄辩的方法，乃至吹牛皮说大话装腔作势吓唬人的方法。

我得益于辩证法良多，包括老庄的辩证法，黑格尔的辩证法，革命导师的辩证法；我更得益于生活本身的辩证法的启迪。所以我轻视那种哩哩啰啰，抱残守缺，耍丑售陋，自足循环，只知其一而不知其二其三的死脑筋。

第九，在生活态度上，我喜欢乐生，喜欢对各种新鲜与陈旧事物感兴趣。

我相信，多种多样的兴趣与快乐，不仅有益于健康也有益于学问、工作乃至处理公私事务。起码它有利于触类旁通，有利于发展想象力，从而能够更好地选择，有利于举一反三，有利于从容讨论，有利于知己知彼，有利于细心体察，有利于海纳百川，有利于消除无知与偏见。

我最讨厌与轻视的是气急败坏，钻牛角尖，攻其一点，整人整己，千篇一律，画地为牢，搞个小圈子称王称霸。

第十，在知识分子的使命问题上，我主张每个人做好自己的事。只有做好自己的事，才能使国家得到切实的发展，有了切实的发展才有一切。没有切实的发展而只有仓促引进的观念，成不了事。如果说我们国家有某些痼疾，那就和一个人一样，人人去给他治病，并为医疗方案问题争个头破血流，那个人是非治死不可的。人人讳疾忌医，或者反过来自欺欺人，也是不可以的。正确的方法只能是实事求是，循序渐进，注重积累，注重建设。

这里同样也有一个常态与非常态的问题。在非常时期，人们会扔掉自己的事，工农兵学商，大家来救亡。正像一个人应该一日三餐，这是常态，而非常态状况下，也许三天也不吃一顿饭。革命的结果究竟是让人们更多地过常态的生活呢，还是让人人都过非常态的生活呢？这本来不是一个深奥的问题。

第十一，在“做人”方面，我给自己杜撰了如下的格言：

大道无术：要自然而然地合乎大道，而毫不在乎一些技术、权术的小打小闹，小得小失。

大德无名：真正德行，真正做了有分量的好事，是不应该也不可能出风头的。

大智无谋：学大智慧，做大智者，行止皆合度，而不必心劳日拙地搞各种的计策——弄不好就是阴谋诡计成癖。

大勇无功：大勇之功无处不在，无法突出自己，无可炫耀，不可张扬，无功可表可吹。

（上述种种，大体不适用于我的文学审美观。我认为，文学艺术是人类实践活动与学术活动的补充与反拨，正是文艺活动，更需要奇想、狂想、非常态、神秘、潜意识、永无休止的探求与突破等。以为靠初中哲学教科书就可以指手画脚文艺，着实地天真烂漫，一厢情愿。）

综合上述诸点，我想换一个比较“哲学”的概括方式来讲一讲自己多年来虽有实践却并不自觉的几条原则：

（1）中道或中和原则。认同世界的复杂性与多元性。认同世界的矛盾性与辩证性。认同每一种具体认识的相对性。认同历史的变动是由合力构成，而合力的方向是沿着平行四边形的对角线——中道——前进的。我一贯致力寻找不同的矛盾诸方面的契合点。我相信正常情势下的和为贵。

（2）常态或常识原则（不否认变态和异态，而是以常态的概念去包容异、变态。所谓异、变态是来自常态又复归常态的常态的变异，是常态的摇摆振荡，最后也是常态的一种形式）。

所以我认同文化的此岸性、人间性，认同人类的世俗性，认同发展生产提高生活趋利避害的合理性。认同最大多数人的最大利益原则。认同国家、民族、社会（包括国际社会）生活与政治努力的合理性。而对各种横空出世的放言高论采取谨慎态度。

（3）健康原则。什么样的是健康的，而什么样的是不健康的呢？

理性原则是健康的。气急败坏、大吹大擂、咋咋呼呼、一厢情愿，是不健康的、病态的。

善意，与人为善，光明正大，胸怀宽广是健康的。恶狠狠，狗肚鸡肠，与人为恶，动不动就好勇斗狠是病态的。

乐观原则。面对一切麻烦，不抱幻想，但仍然保持对于人、对于历史、对于人类文明抱乐观态度是健康的。动不动扬言要吊死在电线杆上则是病态的。

健康原则是一种利己的与乐生的原则，但也是一种道德原则。我认同“君子坦荡荡，小人长戚戚”的总结。道德与智慧境界愈高，就愈能做愈要做那些有利于自己的与别人的身心健康的事情，而不去做那些害人害己折腾人折腾己的事情。

健康原则同样是智慧原则。智者常能更健康地对待各种问题。其例无数。

这些原则互不可分，互为条件。例如，善意是指常态，中道多半健康。

这些原则实在是太平凡太软弱太正常了。绝无惊人之处。在一个刀光剑影、尔虞我诈、艰难困苦、积怨重重的世界里，我的原则是太窝囊了。但我坚信，人们是需要这些常识性的原则的。希望在于这些原则而不是相反。

如此等等。我其实更偏重于经验，偏重于生活的启悟，偏重于事物的相对性方面，偏重于事物的常态常理常识方面。我实在没有什么发明也不喜欢表演黑马。而另一方面，如治学的谨严、体系的严整、旁征博引的渊博、杀伐决断的强硬，以及名词与论断的精确性方面，我都颇有弱点、疏漏。我的一些见解，与其说是学术，不如说是人生的常识。承认人生，承认常识，我们就获得了讨论与交流的基础。

守住人生的底线

老子讲的“无为”实在是深刻极了美妙极了，那是因为人的各种各样的轻举妄动胡作非为无效劳动搬起石头砸自己的脚的自讨苦吃的“为”太多太多了。也许我们不能要求每个人都有大贡献大创造大德行大智慧，但是我们至少可以尽量少做那种连常识都违背了的坏事与蠢事。

第一，不要反科学、反常识、违反客观规律地一厢情愿地“为”即蛮干的“为”。

第二，不要为了表白自身的需要而乱“为”。我写过一篇微型小说，说是一个老人病了，他的几个孩子纷纷为了表达孝心而找一些江湖术士给老爷子治病，结果把老爷子吓跑了，即此意。

第三，不要过度地“为”。为办成一件事也许你需要找十五个人帮忙，但如果你找了一千五百人呢？只能引起大反感、大麻烦，反而办不成了。

第四，不要斤斤计较地“为”，不要得不偿失地“为”。你为了一点蝇头小利而大动干戈，徒徒贻笑大方，至于造成的后遗症更是不堪设想。

第五，不要“为”那些丢人现眼的事，如钻营、吹嘘、卖弄、装疯卖傻……

第六，不要张张扬扬、咋咋呼呼地“为”。如一般写作人都是愿意自己的东西发在大报大刊上，更愿意发在头版头条上。但我对自己的探索性的东西，都特意寻找小报小刊上发，并特别关照不得发头条。我对于获得三等奖或不获奖也特别心安理得，无他，有利于平衡，有利于你过别人也要好好过也。

第七，可以树立远大目标，以求自己有所作为，但也可以调整与修改目标，不“为”那种已经被多次证明“为”也“为”不成的事。如发明永动机之类。

其他属于“无为”范畴里的注意事项还多着呢，如不投机取巧，不感情用事，不忽冷忽热，不滥发脾气，不标榜自己，不整人害人，不算计得过于精明，不预报自己即将取得惊人成就。总之，也许我们无法为众人设计规定出谁谁应该为什么做什么的蓝图，因为各种人条件、处境、志趣、价值选择是太不同了，正常情况下应该允许这种不同这种多样性。我们不可能建议人人成为赚大钱的企业家，我们无法建议人人都去搞发明创造，但是我们至少可以建议他们不要去做什么，不要去做蠢事坏事，不要去做愚而诈的事，不要去做逞一己之私愤而置后果于不顾的不负责任的事等。

人生苦短，百年一瞬，我们无法要求大家都有一样的成就，却可以希望人人都不把生命和精力，把有限的时间放在最最不应该有的行为上。没有这些本应该没有的行为，没有这些劣迹和笑柄，没有这些罪过和低级下作，即使你的成就极有限，起码你还是正直地正确地正常地从而是心安理得地度过了一生。你回忆起自己的一切的时候至少不必那样惭愧那样羞耻那样懊悔。一个人的一生，应该从正面要求自己达到这个，做到那个，得到这个，感到那个，等等。同时，也许更重要的是树立反面的界限，即不可这样，不得那样，摆脱这样，脱离那样。如此这般，也许你的人生反而更清晰更明朗了，你将得到更多的光明与智慧，离开黑暗与愚蠢的苦海。那有多么好！

幼稚的成熟与成熟的老到

我们常常议论到某个人的时候说谁谁比较幼稚，谁谁不够成熟，谁谁比较老到。那么请问，成熟和老到的标准是什么？成熟和幼稚的区别点是什么？很抱歉，我不能不说到一个方面，那就是对于恶的认识与对付恶的本领。很遗憾，人生中社会中还有许多的不善，还有许多的恶，幼稚的人碰到这种不善和恶，会很伤心，很意外，很痛苦，很没辙，甚至会在最初的几次打击后颓然垮台，或者丧失了生活的勇气，或者走向了悲观和颓废，或者随波逐流自己也变成了不善和恶。这种遇恶则全无办法，遇恶则大呼小叫，遇恶则上当受骗，遇恶则精神崩溃，或者铤而走险，变成了一个偏激者、破坏性的愤世嫉俗者直到冒险者和恐怖者——可以说，这些确是一个人相当幼稚的标志。而一个成熟和老到的人，则会坚定不移而又从容应战巧妙应对，化被动为主动，从恶的挑战中寻找善的契机，化不善的因素为善的因素，至少也要战胜恶转化恶而弘扬善，直到庖丁解牛，游刃有余，直到出淤泥而不染。从来不与恶打交道是不可能的，不在恶面前垮台自杀也不变得那么恶却是必需的与有用的。而我们的文化传统又是偏向于不谈至少是不多谈不深谈人间的恶的——对此，我倒没有太多的异议，因为这里确实有一个现实的考虑，当人们的素质还相当不理想的时候，你谈恶谈得太多也许客观上变成了教唆为恶。

我无意在这里讨论出版的普泛性原则、适应性原则与价值性原则的悖论，我只是说，仅凭书本知识是不够的，人们会由于种种原因而没有把书写全面出全面，你也会因了各种理由而没有读全面。人们有时候会在书中选择甜美，而忽略了苦咸辣涩酸，人们倾向于选择芳香而对腥臭视而不语。人们会接受随大流，而省略了或者干脆是回避了或者干脆是隐瞒了一些不雅的东西或者奥妙的东西或者过于敏感的东西。即使没有任何回避和隐瞒，也没有一本书是专门为你的此时此地而写出来的，相反，那些书是书的作者针对他或她的彼时彼地的情况和问题而写出来的。这样，我们就必须善于实践，善于思索，善于区分，善于分析和总结概括，善于从各种不同的情况不同的成败得失中找出规律找出学问，琢磨出点玩意儿来。甚至学语言这种比较“死”的东西也是这样，从书本上学好发音和口语是很难的，你只有努力去听，一次一次地反复听，听以你要学的那种语言为母语的人是怎样地说话怎样地发音，再不断地与自己的说话自己的说法自己的发音相比较，才能找到毛病有所改进。阅读对于学语言的意义不仅在于读懂了你正在读的东西，而且更在于从阅读中学习别人的修辞造句，学习别人的表达方式和表达技巧。同样一句话也许能有几十种直到几百种说法，其中只有一两种对于此时此地此境此人才是最适合的。怎样在不同的情势不同的讲话者的身份与不同的对讲者的身份上选好这一种或两种最佳说法，这是任何语言读本上都无法讲清楚的，只有自己通过无数范例包括反面的事例去总结经验，去学得更聪明更能干些。

不要以为自己就是尺度

人最容易犯的错误有三个：第一是过高地估计了自己的力量，过低地估计了与自己不同的人的力量。第二是以自己为尺度衡量旁人。第三是面对严重的问题常常抱侥幸心理。

现在谈第二个问题，即以自身为尺度的问题。说来有趣，你所喜爱的，你以为旁人也喜爱；你所恐惧的，你以为旁人也恐惧；你最厌恶的，你以为对旁人也十分有害。其实，事实往往并非完全如此。

我曾经竭尽全力地把我年轻时候喜欢唱的歌、喜欢读的书推荐给我的孩子们，孩子们嘲笑我唱过的“胜利的旗帜，迎风飘扬”和“灿烂的太阳，升起在东方”之类的词，他们说：“您那时候唱的歌的歌词怎么这么水呀？”我感到奇怪，因为我觉得他们唱的歌的歌词才不成样子呢。直到过了很久了才悟到，一代人有一代人的歌，他们有时会接受一点我的所爱，但是他们毕竟有自己的所爱。生活在不同的时代不同的背景下面，不可能各方面都一致。

我发现人的这种以自己的好恶为尺度来判断事情的特点几乎可

以上笑话大全。一个母亲从寒冷的北方出差回来，就会张罗着给自己的孩子添加衣服。一个父亲骑自行车回家骑得满头大汗，就会急着给孩子脱衣服。父母饿了也劝孩子多吃一点，父母撑得难受了就痛斥孩子太贪吃。父母寂寞了责备孩子太老实太不活泼。父母想午睡了越发觉得孩子弄出的噪音讨厌。父母想读书了发现孩子不爱学习。父母想打球了发现孩子不爱体育。父母烦心的时候就更不必说了，一定是更看着孩子不顺眼了。

上一代人对下一代人的消极评价，究竟有多少是靠得住的？有多少是以己度量人度量出来的？反过来说，下一代人不是也以自身当标尺吗？当他们看到上一代人已经发胖、已经白发、已经少懂了许多新名词的时候，他们是多么失望啊。你怎么不想一想，老一代也大大地火过呢。英语里有一句谚语："every dog has it's own time."（每一条狗都有它自己的时代）上了年纪的人与年轻人之间，多么需要更多的相互了解。

我无意用简单的进化论观点来认定新的一代一定胜过上一代，但是至少，人们是发展变化的，社会是与时俱进的，科学技术、思想理论、生活方式直至价值观念都是不断发展变化的。你高兴，认为它越变越好，它会变化；你不高兴，断定它越变越坏了，它照旧变化。你给以很高的评价，它要变；你评价极差，认为是一代不如一代，全是败家子，它也要变。这里我不想轻率地对这种变化做出价值判断，前人的许多东西都是需要继承需要珍惜的，后人的变化中在得到进步得到崭新的成果的同时也会失去一些好东西，付出一些也许是太高太过分了的代价。但是想让下一代人不发生任何变化是不可能的，只有理解这些发展变化，才能占据历史的主动性，才能取得教育或影响下一代的主动权，也才能赢得下一代人的信赖和尊敬。同时年轻人也只有把前人的一切好东西继承下来，才有资格谈发展和创造。

我的“黄昏哲学”

一位朋友对我说，人老了之后，最重要的有三点：一是要有自己的专业，二是要有朋友，三是要有自己的爱好。我认为她讲得很对。

我愈来愈感觉到老年是人生最美好的时候，成熟、沧桑、见识、自由（至少表现在时间支配上）、超脱。可以更客观地审视一切特别是自己，已经有权利谈论人生谈论青年人中年人和自己这一代人了。可以插上回忆与遐想的翅膀让思想自由地飞翔了。可以力所能及地做不少事，也可以少做一点，多一点思考，多一点回味，多一点分析，多一点真理的寻觅了。也多了一点享受、休息、静观、养生、回溯、读书、个人爱好，无论是音乐书画，是棋牌扑克，是饮酒赋诗，是登山游海……

而老了以后，毕竟相对少了一点争拗，少了一点竞争，少了一点紧张和压力。

人生最缺少的是什么？是时间，是经验，是学问，更是一种比较纯净的心情。老了以后，这方面的“本钱”便多起来了。

人生最多余的是什么？是恶性竞争，是私利计较，是鼠目寸光，是浪费宝贵光阴，是强人所难，是蛮不讲理。老了，惹不起也躲得起了。

老年是享受的季节，享受生活也享受思想，享受经验也享受观察，享受温暖爱恋也享受清冷直至适度的孤独，享受回忆也享受希望，享受友谊趣味也享受自在自由，更重要的是享受哲学。人老了，应该成为一个哲学家，不习惯哲学的思辨，也还可以具备一个哲学的情怀，哲学的意趣，哲学光辉笼罩下的微笑、皱眉、眼泪，至少有可能获得一种哲学的沉静。

老年又是和解的年纪，不是与邪恶的和解，而是与命运，与生命、死亡的大限，与历史的规律，与天道、宇宙、自然、人类文明的和解。达不到和解也还有所知会，达不到知会也还有所感悟，达不到感悟也还有所释然，无端的非经过选择的然而又是由衷的释然。

和解并不排除批评、抗议、责难，直到愤怒与悲哀。但老年人的种种不平毕竟与例如“愤青儿”们的不同，它不再仅仅是情绪化的咒骂，它知其然，知其所以然，知其必然即无法不然，知其如若不然也仍然会有另一种遗憾、另一种不平、另一种缺陷。它不幻想一步进入天堂，也就不动辄以为自己确已坠入地狱。它的遗憾与愤懑应该是清醒的而不是盲目的，是公平的有据的从而是有限制有条件的，而不是狂怒抽搐一笔抹杀。它可能仍然无法理解生老病死天灾人祸历史局限强梁不义命运打击冤屈痛惜阴差阳错……然而它毕竟多了一些自省一些悔悟一些自责。懂得了除了怨天尤人也还可以嗟叹自身，懂得了除了历史的无情急流以外毕竟还有自身的选择，懂得了自己有可能不幸成为靶子成为铁钻，也未必没有可能成为刀剑成为铁锤，懂得了有人负我处也有我负人处，懂得了自己有伟大也有渺小有善良也有恶劣有正确也有失误有辉煌也有狗屎，懂得了美丽的幻想由于其不切实际是必然碰壁的，懂得了青春的激情虽然宝贵却不足为恃……懂得了每一代人有每一代人，每一个人有每一个人的舞台，有自己的机遇，有自己的限制，有自己的悲哀，有自己的激烈。你火过我也火过，你尴尬过我也未必没有尴尬过。所有这些都会使一个老人变得更可爱更清纯更智慧更光明更哲学一些。

当然也有老年人做不到的，老而弥偏，老而弥痴，老而仇恨一切，不能接受一切与时俱进的发展的人也是有的，愿各方面对他们更关怀更宽容一点，愿他们终于能回到常识、常规、常情上来。而如果他们有特殊的境遇有特殊的选择，只要不强迫他人臣服听他的，也祝愿他们最终自得其晚年的平安。

我们常常讲不服老，该不服的就不服，例如人老了一样能够或更有条件学习，不能因一个自命的“老”字就满足于不学无术。该服的就一定服，我年轻时扛过二百多斤的麻袋，现在扛不动了，我没有什么不安，这是上苍给了我这样的豁免，我可以不扛二百斤以上的麻袋了，我感谢上苍，我无须硬较劲。我年轻时能够一顿酒喝半斤，现在根本不想喝了，那就不喝，这也是上苍给我的恩惠，我可以也乐于过更不夸张也更健康的生活。

“术”与“道”之异同

术与道不是两个截然对立的概念。高明技巧的掌握，与掌握技巧者的投入、敬业、勤奋、追求完美、心无旁骛、脚踏实地、服务社会的精神是分不开的。而一个人工作上的“二把刀”、粗枝大叶、质量低劣、一事无成和一无所长，叫作不学无术的又多半是会和其人的疏懒、苟且、不思进取、好逸恶劳或者见异思迁、没有常性有关，这些已经不是术的问题而是道的问题了。

再比如一个礼貌待人的问题，有时候表现为一些技术性的细节，如用语上的讲究与禁忌、举止的规范，直到穿着、饮食、授受、迎送、表情各个方面，各地都有自己的风俗习惯和规矩。这似乎是很技术性的问题，但又与一个人对他人的尊重、对不同文化的尊重有关。在你希图谄媚的时候，你的言谈举止肯定会失之卑下；而当你不可一世，视他人他民族如草芥的时候，你的言谈举止肯定会失之倨傲；在你一肚子阴谋诡计的时候，待人接物中一定会失之于做作虚伪以及小家子气。反过来说，学习礼貌用语、文明习惯，礼尚往来、互援互助的同时，也就是学习待人接物的基本原则，增加一点文明，减少一点愚昧和野蛮。养移体，居移气，学移神，行移貌，积身外之学会影响到变化到身同之学，无疑是这样的。

但是，在不讲究技术的同时，我们曾经太讲心术了。读读《东周列国志》吧，在欧美人还不大开化的时候，我们一个个都变成了心眼儿兜，变成了权谋与心术的专家。愚而诈，是许多人的可恶复可怜之处。为了治愚脱愚，需要的是学习。为了治诈，需要的是大道无术。你有了与人为善的大道，有了对自身的切实估量，有了对人对己的本性与弱点的理解，有了对于理念与现实的通观，有了应有的畏惧与无畏、献身与超拔、执着与宽宏、慈悲与决绝、坚持与调整……而最重要的是修辞立其诚、做人立其诚，那么对于各种复杂的情况，多半都会应付裕如，无往不利。越是把人放松，越是各方面恰到好处，越靶靶十环、步步到位。而这个过程中的不可避免的失误，则恰恰是达到更大的完美的契机，是更上一层楼的铺垫，是欲擒前的故纵，是天做的交响乐的配器，是大海波涛的多彩多姿。这些都是心术小术所不能做到的。

然而这里也有一个问题，你的大道太高明太超常了，则大道若伪、大道若巧、大道若故弄玄虚。别人患得患失，你不计得失，谁能理解？别人思官若渴，你坚辞不就，人曰是否作秀？别人见钱眼开，你慷慨解囊，又会有人疑心：现在世上哪有这样的人？别人走极端，一部分人与另一部分人势不两立，而你独自清醒公正宽容，也许会被认为是左右逢源的乡愿呢。这说明做到大道无术也很不易。

其实，作慷慨秀、作宽宏秀、作公正秀，以术代道，又谈何容易？什么秀都代替不了你自己的本色，什么秀都掩饰不了你的真情，什么术都会破绽百出、捉襟见肘。做这个做那个，还是要做本色的自己。这样最出色、最真实、最方便、最胜任，道发自然，还是为身同之学，从根本上改善自身吧。

那就更要无术了，持之以恒，付之一笑，小术堪怜，私语堪悲，花招露底，心术枉费，机关算尽太聪明，反误了卿卿性命。漠然置之，做你自己的事，走你自己的路。

大道是什么？就是不以你的意志为转移的规律。万物的兴衰、消长、盈亏、沉浮、胜负、通变，是被许多你的主观意愿之外的因素决定的，你的心术对于这样的客观规律的作用庶几等于零。知道了大道、知道了规律的人，自然行为言语得体，无往而不适。自己比较舒服，旁人看着也舒服一点，还要区区小术小花招做什么？

这里还有一个出发点，在人生的竞争、征战、比赛中，你靠什么取得应有的成绩乃至胜利？是靠提高自己还是靠降低自己？提高自己，就是说各方面有一个基本的界限、基本的原则、基本的态度，于是泱泱乎，浩浩乎，坦坦荡荡，言必有中，行必有定，无往而不胜；降低自己，就是搞一些小花招、小手段、小阴谋诡计，成就于一时，丢人现眼于长久。

同时大道无术又是一个理想、一个过程，你可能还正需要习术习道，你可能已经或正在悟术悟道，你可能既心仪大道而又不能忘情于小巧之术，你可能一阵大道又一阵小术，你也可能精于术而终得大道，至少是终近大道。大道无涯，大道无尽，术也可以精益求精，精到极处又是大道无术了。你做得可能还好也可能相当差，但是你知不知道这样一个理想，你相信不相信这样一个前景呢？那就使自己使事物的面貌大不一样了啊。

俗境：生命的简单重复与“瞎浪漫”

在当前人们聚精会神地搞建设的情况下，也许大多数人难以碰到特别的逆境和顺境，更多是一种俗境：工作不好不坏，专业过得去但不出色，也并非全然滥竽充数，客观环境一般化，身体、心情、收入、地位、处境都可以说是比上不足比下有余。

这样的日子过得平常、平淡、平凡、平静、平和。这几个“平”其实也是一种幸福、一种运气。我国南方就把“平”字当作一个吉祥的字。香港将“奔驰”（车）译成“平”字就很有趣。但这样的平常状态很容易被清高的、胸怀大志的、哪里也放不下的或多愁善感的人们视为庸俗。这样的生活有着太多的重复，太多的日复一日，年复一年，太少的新鲜感、浪漫和刺激。静极思动，人们长期处在相对平静的生活中也会突然憋气起来，上起火来。契诃夫就很善于写这种对平凡的小地主小市民生活不满意的人的心态。

这里有一个杀伤力极强的名词叫作“庸俗”。和配偶生活了许多年双方都没有外遇，这似乎有点庸俗。饮食起居都有规律，没有酒精中毒，没有服用毒品，没有出车祸又没有患癌症，这是否也有点庸俗呢？没当上模范，没当上罪犯，没当上大官也没当上大款，没当上乞丐也用不着逃亡，没住过五星级宾馆大套间也没露宿过街头，没碰上妓女也没碰上骗子，没碰上间谍也没碰上雷锋，没有艳遇也没有阳痿阴冷，那怎么办呢？庸俗在那里等着你呢。

对于这样的庸俗之怨庸俗之叹我一无办法。我在年轻时最怕的也是庸俗。写作的一个目的也是对抗庸俗。我甚至认为，许多知识分子之选择革命不是如工农那样由于饥饿和压迫，而是由于拒绝庸俗——随波逐流、自满自足、害怕变革、害怕牺牲等。后来，积半个多世纪之经验，我明白了，庸俗很难说是一种职业，一种客观环境，一种政治的特殊产物。商人是庸俗的吗？和平生活是庸俗的吗？英雄主义的政治与大众化的政治，究竟哪个更庸俗呢？莫非庸俗需要疯狂来治疗？而一个人文博士，刚出炉的 Ph.D.，摆出救世的架势，或是摆出只要实惠可以向任何金钱或权力投靠的架势，究竟哪个是庸俗呢？真是天知道啊。诗是最不庸俗的吗？有各种假冒伪劣的诗，还有俗不可耐的诗人——我曾刻薄地开玩笑说这种诗人把最好的东西写到诗里了，给自己剩下的只有低俗和丑恶了。画家、明星、外交官、飞行员、水兵和船长这些浪漫的工作中都有庸俗者。正如行行出状元一样，行行也出庸俗。想来想去倒是恐怖分子绝对地不会庸俗。而另一方面滥用庸俗这个说法，孤芳自赏，如王小波说的只会瞎浪漫，则只能败坏正常与正当的人生。

庸俗不庸俗主要还是一个境界问题，一个文化素养、趣味问题。与其哀哀地酸酸地悲叹或咒骂旁人的庸俗，不如自己多读书、多学习，提高自己的品位，扩大自己的眼界同时理直气壮地在正常情势下过正常的生活。现如今流行一句话，叫作“大雅若俗，大洋若土”。真正的雅并不拒绝至少不对大众／一般／快餐／时尚／传媒／蓝领那样痛心疾首。真正的雅或洋并不会致力于表示自己的与俗鲜谐，特立独行，天高云淡。只有旧俄作家笔下的乡村地主，才会留下十余年前在彼得堡听戏的戏票，时不时地向人炫耀自己的不俗。

俗人并不可怕，俗并不可怕，可怕的是用俗来剪裁一切排斥一切高尚高雅，或者使世俗向低俗再向恶俗方面发展。还有令人起鸡皮疙瘩的是自己已经俗得可以了偏偏以高雅自居，张口闭口都是旁人的庸俗。例如喜爱吃喝，绝非大恶，毋宁说那也是人生乐趣的一部分。因贪吃贪杯而挥霍而钻营而丧失尊严而丑态毕露那就是低俗了，而进一步用大吃大喝为手段结交坏人，共谋犯罪，巧取豪夺，违法乱纪，那就不仅是恶俗而是罪恶了。而如果是自己吃完了立刻抨击吃喝呢？

至少，也还可以提出一个比较易行的建议：培养自己的审美能力吧，不论你的工作你的专业是治国平天下还是宇宙地球，是争夺冠军还是清理厕所，是花样无穷还是数十年如一日，你总可以读点名著，看点名画，听听音乐戏曲，赏赏名山大川，用人类的文化、祖国的文化点缀丰富一下自己的局促的生活吧，用艺术的与自然的美丽来补充一下抚慰一下自己的平凡的日子与难免有时感到寂寞的灵魂吧，这比孤芳自赏自恋自迷强得多啦。

人生最重要的是知道“不做什么”

一个人做成一件事情有许多条件，良好的人际关系只是条件之一，实力条件就更重要。机遇也很重要，就是说客观条件也很重要。还有许多临时的和偶然的因素，再加上主观的努力才能有望。不了解这一切，只是一味地活动操作强求争夺，往往是轻举妄动，枉费心机，揠苗助长，缘木求鱼，心劳日拙，疲于奔命。几十年来，特别是近二三十年来，我算是看够了，有的人整天发布自己即将青云直上的消息，有的人整天出入宅门，有的人整天表白吹嘘，有的人整天骂骂咧咧，意在让人相信全党全民都对不起他。这样的人最后到底做成了什么呢？他们的这种表演，除了臭自己以外，他们对社会对人类对历史甚至对个人对家庭能够起什么有益的作用呢？

一个人应该知道自己能够做什么，应该做什么，必须做什么，更应该知道不应该做什么，不要做什么，其实做也做不到什么。比如说话，说话很重要，传播思想，确定方向，分配资源，行使权力，多要通过说话进行。但也有另外一面，就是说了许多话用处不大，说了许多狠话不过是打个水漂儿。说到说话，我们曾经是非常重视说话的，所谓一言可以兴邦，一言可以丧邦，够可以的了。但认识到话的重要力量还不够，还要认识到话的有时不必多说，说也白说，或者压根儿就不应该说。例如近二十余年的不争论方针，这就是洞晓了话的无力、话的坏事的那一面而得出的经验总结。琢磨琢磨不争论的原则吧，这不仅对国家政治而且对个人做人都有极大的意义。邓小平同志自称“不争论是我的一个发明”，这可不是一句随便的话，这是中国文化更是总结近百年中国近代史、革命史、中华人民共和国史的结晶之语。

口是厉害的，俗话说众口铄金，然而那说的是众口，一只口就未必有那么大力量。一只口这样说，另几只口很可能是另一样说。众口也得看是真众口还是起哄或被迫的众口。只有真正代表民心的众口才有铄金的力量。再说，众口铄金，这是事物的一个方面，并非全部，另一面则是真金不怕火炼，是淘尽黄沙才是金。另一面还有众口的随风倒，还有所谓“沉默的大多数”。须知世上除了“叱咤则风云变色”以外，也还有“喑呜则山岳崩颓”。

记住：人际关系永远是双向的

这样说并不是说你一生没有朋友，没有志同道合的合作者。这样的友人，第一不是绝对的，不是黑社会小集团，不是亡命徒的结合，就是说它不应该具有一种排他性。今天我们意见一致，我们尽量合作，明天意见不一，或者你突然觉得与我一道做事有某种不便之处，自可各行其道，绝不反目成仇。你此一点上与我一致，故能相合相助，这当然好；另一点上与我处境不同角度不同故而与我不一致，这也是很正常的事。比如你有你的经验，你认定了 A 先生品质恶劣难与相处，因之你选择了与 A 远远拉开距离的态度。他或她由于实力不支，由于在 A 屋檐下不得不低头，由于有求于 A，便去向 A 讨好靠拢，你怎么办？因此你就认定他或她背叛了与你的友谊了吗？因此你就与他或她绝交了吗？我看大可不必。好的办法，是对此种情势你可以心中有数，可以避免在与他或她的交往合作中过多地谈及 A 的问题，同时看到人各有情况，人各有志，人各有方法，杀猪捅屁股，各有各的门道，剃头使锥子，一个师傅一个传授，鹰有鹰的道，蛇有蛇的道，你为什么要强求别人与你的选择绝对一致呢？

记住，人际关系永远是双向的、相互的。你要求人家事事跟着你，你就得事事维护人家。让人家为了你的利益而不怕牺牲哪怕是一时放弃自己的利益，那么你就必须有为了人家的利益而不惜得罪你不想得罪的人的思想准备。你不能承担的义务，最好不要要求别人为你而承担，你不想做的牺牲，最好不要动辄让别人为你做出。尤其是一些自作聪明而又极不正派的人，最最感兴趣的就是让别人为自己冲杀，为自己与对手缠住、不松手，自己隐蔽在背后充好人，其实这都是一厢情愿的鬼算盘，最后赔了夫人又折兵的仍然是自己。再如，你希望一些人对你恭恭敬敬五体投地，那么你对旁人能不能先人后己，吃苦在先享受在后？

人际关系又永远是可变的、不羁的。今天蜜里调油，明天也可能出现裂缝；今天配合默契，明天也可能三心二意。与旁人的关系好固然可喜，出现了裂痕出现了困惑出现了猜疑也不必痛心疾首，更不要急火攻心，气急败坏，而大可付之一笑，视为自然。千里搭长棚，没有不散的筵席，好来好散，君子之交也。

这里说的是不要搞小圈子，借一个词就是说不结盟。其次一个经验是不要投靠。我的态度是：我尊重每一位领导，但是不投靠；我善待每一个朋友，但是不拉帮结派。

在一个人政治色彩尚未绝迹的社会里，与领导的关系，给领导的印象至关重要，这是不言而喻的。但是这方面稍稍做得过一点就会成为奴颜婢膝溜须拍马，为正人君子所不齿。这首先是一个形象问题，而一个形象恶劣的人的成功必然为自己的形象所制约，这是其一。其二，投靠者也能给投机取巧者带来某种利益，但也带来了巨大的风险。第一险是站错了队，你不正派而能够投靠成功正说明你所投靠的那位人物也不够正派至少是不够严格，你的与之俱荣的希望也可能最后产生的是与之俱损的结果。所有的不正派的人际关系都可能遭到腹诽，遭到批评，遭到弹劾，遭到查处，遭到恶报。君子坦荡荡，小人长戚戚，这也是一个方面。你的不正派的做法必然会付出不轻的代价。其三，你投靠 A，他投靠 B，于是你成了 A 的人，他成了 B 的狗。当权势者变 A 为 B 的时候，你的下场如何还用问吗？树倒猢狲散，当 A 或栽倒或退下以后，你的除了投靠别无长技的处境，还能有什么好结局吗？其四，你把学问精力都用在与别人结党营私或投靠权势上了，你的宝贵时间花在难登大雅之堂上头了，你的心理承受能力支付在处理这些不正派的关系所面临的巨大心理压力上了，你还能有多少真本事，你还能有多少健康和长寿？

让我们讨论一个问题：正常的对于旁人的尊重和善意与不正派的投靠和拉拢的区别界限何在呢？这里第一是道德原则。你的所有尊重和善意是合乎道德的吗？第二是良知原则。你的哪怕是讨好你的老板你的上司你的部属你的朋友的做法，有没有令你的良知感到不安的东西？第三是合法原则。你对某某人好，你的好有没有与法律准则相违背的东西？第四是公开原则。你与某某关系好，你敢不敢公开承认你们有友好的知己关系？就是说，你的人际关系的各种细节，有没有不可告人之处？第五是尊严原则。你是怎么样来尊重旁人和施惠于旁人的？你是否在人际关系中维护了自己和对方的尊严？你与旁人的关系中有没有有损于自己的人格或他人的人格的行为语言？最后是不苟树敌、不苟斗原则。力图自己有良好的人缘，力图得到更多的人的好感，这是可以理解也可以允许的，但是动不动拿旁人的人当对立面，动不动人前人后攻击旁人，传播对旁人不利的流言蜚语，乃至动不动打报告写告状信煽动一些人为你冲锋斗争，则是不可取的，应该说那是可恶的下流的与可耻的。种瓜得瓜，种豆得豆，有人与你意见不一致想法不一致，这是很普通很正常的事，不一定就是你的敌手对手，而你如果采取一种恶棍式的至少是杠头式的态度，如果你好斗，动辄气急败坏、每事必争、神经兮兮，你收获的也只能是批评、反感、反击、厌恶、孤立、绝望、天怒人怨而又是怨天尤人，叫作六月的韭菜——臭一街。

“人性恶”不一定只属于别人

从这里铺展开来，我想说说人际关系的事。中国是一个人口大国，中国实行的社会制度是社会主义的，中国比较缺少相互保持距离各自尊重隐私的传统，中国人的生活可能有许多缺憾，但是有一条，绝不孤独。我们很难设想一个人一生与别人很少往来、我行我素、自行其是地活着。再说，我们的文化传统特别注重人与人的关系，许多道德规范，例如忠，例如孝，例如信，例如义和礼，等等，都是首先用来规范人际关系的。我们又特别重视情面，熟人好办事是不言自明的道理。现在的人们动辄讲什么关系学，这是事出有因的。

人际关系又是一个人们不太愿意正视的话题，因为这种关系并不就是一起吃吃喝喝，互相照顾一下，熟人好办事之类，那样的话虽然涉嫌俗气一点，倒也无甚挂碍。人际关系最要命的首先是人际纠纷，开始也许是正常的不同意见，慢慢就变成了个人与个人之间的麻烦，你想不麻烦亦不可能。人与人的矛盾，似乎比老虎与老虎、狼与狼之间的矛盾冲突更多。现在有一个词叫“对立面”，上上下下，左左右右，到处都有人与人相对立的事实。人多了容易相互冲撞，这也是事实。一群退休职工清晨到一起练健身操或健身舞，结果也分成了两派斗了起来，这样的事我也听到过。真是够好斗呀。在今天的社会上，谁又敢说自己与别人从来没有发生过矛盾呢？

其实很多人最怕人际纠纷，一旦陷入人际纠纷就如陷入烂泥塘大粪池，往往是跳也跳不出来，洗也洗不干净，争也争不明晰，退也无处可退。然而怕并不等于自己就可以不与别人发生关系，不等于自己可以洁身自好，离污泥而不染。而且更重要的，声称自己多么清高多么纯洁多么高尚多么雅致的人不一定就在人际关系中无懈可击，不一定他或她的人际关系中的问题责任全在别人，不一定他或她就完全没有庸俗和自私，没有嫉妒和自吹自擂，没有多疑和斤斤计较，没有野心乃至于虚伪。就是说，人性恶的东西不一定只属于别人。

确实，人际纠纷问题常常最后成为一笔糊涂账，而且应该知道没有几个有分量有头脑的人物会有兴趣有闲情逸致去听取各方的诉苦——一般这种诉苦充满了添油加醋、借题发挥、避重就轻、强词夺理、任意涂抹，如果不是更坏即歪曲事实、编造谎言、信口开河、颠倒黑白的话。虽然你自己可能满觉得有理，满觉得你和你的对手的问题是大是大非之争，是道德高下之争，是维护天理良心之争，但是人家硬是没有兴趣去听你的申诉，谁也不想过分地介入你与你的对手的纷争，谁都认为进行这种没完没了的争斗是一件穷极无聊的事，这一点你自己应该有清醒的认识。

“学会”不如“会学”

现在让我们总结一下，有哪几类东西难以从书本中学到呢？

一是操作性强而学理性少的东西，如游泳，如体操，与其靠书本不如靠示范，更要靠自己摸索实践。其次是不那么高雅不那么美妙的东西（举例略）。再次是全新的东西，如中国的新民主主义革命、社会主义制度下的市场经济、一国两制、文艺新流派新手法的探索等，都是书本上所没有的。我们还可以说，书本上有的就不再是创造，创造就必须依靠书本的同时离开书本、突破书本，到实践里边去另辟蹊径。

尤其根本的是，学习的目的最终是能够解决实际的问题、新问题，能够训练自己得到过人的智慧，达到崇高的境界，做出更大的贡献，取得成功，做出更加完美的表现，享受更加光辉的至少是更加快乐和健康的人生。所有这些都不是单纯靠书本阅读背诵就能够到手的。每个人每时每刻都会碰到自己的独特的遭遇与问题，虽然未必是绝无仅有，却也不会是另一个人前一个人例如书的作者的境遇与问题的翻版。只有在生活中实践中善于体察，善于总结，善于反省，善于切磋，从善如流，随时调整，一点即透……才算得上会学习者。

那么为什么毛泽东认定有的人书读多了反而更蠢呢？我想，一是教条主义害人、本本主义害人。如果因为一味读书而丧失了对生活的鲜活的感觉，因为书本已有的论断而束缚住自己的手脚，因了书本而扼杀一切生机活气，那就是蠢而又蠢的人物了。二是如果读书人离开了实际，而是一辈子从书本到书本，从名词到名词，从概念到概念，自我循环，就会变成那种读书而不明理的人，偏执乖张，误人误己，昏天黑地而又不可一世。三是书本上的东西不可能完全正确，书本上的谬误未必比生活中的谬误少，从书本到书本是很难判断正误的，只有倾听实践的声音，才能食书而化。四是书本还会使一些小有记忆力背诵力的人自我膨胀，自命不凡，空论连篇，欺世盗名，大言不惭，成事不足，败事有余。特别是在革命和战争的关头，毛泽东对那些本本主义者深恶痛绝，这是完全可以理解的。当然，“书读得愈多愈蠢”这话也像人间一切其他话语特别是著名话语一样，并非无往而不爽。一个认识一旦用语言表述出来，在获得了相对清晰的语言形式之后却也容易变得凝固乃至片面。一切人类语言的论述，即使是力求全面的，仍然会有其不全面之处，而任何强调一面一点之论，从它诞生的那一天就是包含着化作谬误的可能。尤其是此话还被当作攻击读书人的依据，那就完全离了谱了。